大魚讀品
BIG FISH BOOKS

让日常阅读成为砍向我们内心冰封大海的斧头。

W
我私人的奥斯威辛

Georges Perec

[法] 乔治·佩雷克 著 樊艳梅 译

国际文化出版公司
·北京·

图书在版编目（CIP）数据

W——我私人的奥斯威辛/（法）乔治·佩雷克著；樊艳梅译. -- 北京：国际文化出版公司, 2023.12
ISBN 978-7-5125-1581-9

Ⅰ.①W… Ⅱ.①乔…②樊… Ⅲ.①自传体小说—法国—现代 Ⅳ.①I565.45

中国国家版本馆CIP数据核字(2023)第165159号

北京市版权局著作权合同登记 图字01-2023-5733号

W ou le Souvenir d'Enfance by Georges Perec
Copyright © Éditions DENOËL, 1975
Simplified Chinese edition copyright © 2023
Simplified Chinese edition arranged through Dakai L'Agency,
by Beijing Xiron Culture Group Co., Ltd.
All rights reserved.

W——我私人的奥斯威辛

作　　者	〔法〕乔治·佩雷克
译　　者	樊艳梅
责任编辑	侯娟雅
策划编辑	肖思棋　徐慢懒　杨沁语　张楚伦
出版发行	国际文化出版公司
经　　销	全国新华书店
印　　刷	三河市中晟雅豪印务有限公司
开　　本	787毫米×1092毫米　32开 7.25印张　　　　　107千字
版　　次	2023年12月第1版 2023年12月第1次印刷
书　　号	ISBN 978-7-5125-1581-9
定　　价	52.00元

国际文化出版公司
北京市朝阳区东土城路乙9号　　邮编：100013
总编室：(010) 64270995　传真：(010) 64270995
销售热线：(010) 64271187
传真：(010) 64271187-800
E-mail：icpc@95777.sina.net

乔治·佩雷克（Georges Perec，1936—1982）的作品慢慢获得了成功。他的作品极其多变、新颖，使叙事与诗学创作发生了重要的革新。佩雷克是我们文学界的探索家，时而讽刺——《物》（*Les Choses*），1965年获勒诺多文学奖，时而出奇地富有系统性——《空间类别》（*Espèces d'espaces*），他是新自传形式的创造者——《暗店》（*La Boutique obscure*）、《W——我私人的奥斯威辛》（*W ou le Souvenir d'enfance*）、《我记得》（*Je me souviens*），又是弃世的编年史作家——《沉睡的人》（*Un homme qui dort*）。在摆弄字词的过程中，他把语言变成游戏与创造的狂喜之地——《庭院深处，是哪辆镀铬把手的小自行车？》（*Quel petit vélo à guidonchromé au fond de la cour ?*）、《消失》（*La Disparition*）、《归来者》（*Les Revenentes*），或者变成一个朝向诗歌——《字母表》（*Alphabets*）、《关闭》（*La Clôture*），亦朝向哲思——《思考/归类》（*Penser/Classer*）——的实验室。他曾是"乌力波"（"潜在文学工场"）的重要一员。《生活使用说明》（*La Vie mode d'emploi*）（1978年获美第奇文学奖），这部包含了上百部小说以及上千种阅读幸福与迷茫的"小说（集）"是其一切探索的绝妙概括。

献给 E[①]

[①] E 在这本书具有多重含义。它可以指某个人名的首字母：佩雷克的姑妈埃丝特（Esther）和表姐艾拉（Ela）的名字都以 E 开头。1969 年，佩雷克的小说《消失》（*La Disparition*）出版，在这部长达三百多页的作品中，没有一个单词包含 E 这个字母。本书于 1975 年出版。这里的"E"亦可理解为小说《消失》中消失的那个字母 E。字母 E 在法语中与单词 eux（他们）发音相同，因此"献给 E"亦可理解为"献给他们"。结合文本语境，"他们"指消失的人、死去的人，尤其是二战中被迫害而死的人。——文中所有脚注均为译者注。

第一部分

"这诡异的薄雾,黑影憧憧,

我要如何才能驱散?"①

——雷蒙·格诺

---

① 出自雷蒙·格诺的自传体诗歌《橡树与狗》(*Chêne et chien*)。雷蒙·格诺(Raymond Queneau,1903—1976),法国小说家、诗人、剧作家,法国战后文学团体"乌力波"(Oulipo),即"潜在文学工场"(Ouvroir de littérature potentielle)发起人之一。佩雷克是这个团体的一员。

I

在开始叙述我在 W 的旅行之前我犹豫了很久。现在，迫于一种无法抗拒的必要性，我终于下定了决心，我明白自己亲眼所见的那些事应该被揭露出来，重见天日。我并不否认我内心的不安——我是说一些不明所以的借口——它似乎不愿意将那些事公之于众。很久以来我想将我的所见作为秘密保存起来；对于别人托付给我的那项任务，我不方便透露一星半点儿，一方面可能是因为那项任务并未完成——但又有谁能出色地完成呢？另一方面是因为托付给我任务的那个人，他也已经消失了。

很久以来我犹豫不决。慢慢地，我忘记了那次旅行中种种似真似幻的波折。然而我的梦中充斥着那些幽灵般的城市、那些血淋淋的田径比赛——我仿佛还能听到各种各样的呼喊声,那些被海风吹开、撕扯的三角旗。迷茫、恐惧与痴迷交织在这无穷无尽的回忆里。

一直以来我都在寻找我过往的痕迹,我翻阅地图、指南、无数的档案,但一无所获。有时我觉得仿佛做了一场梦,一个无法摆脱的噩梦。

……年前,在威尼斯朱代卡岛①的一家小饭店,我看到一名男子走进来,我觉得自己认得他,于是匆忙走向前去,但结果只是结结巴巴地说了几声"对不起"。怎么可能还有幸存者呢。我双眼之所见已然成了现实:枯藤野蔓钻进了壁缝,荒木丛棘吞没了房屋;黄沙灰土覆盖了体育场,一群群鸬鹚猛扑过来,然后,是静寂,瞬间,冷冰冰的静寂。无论发生了什么,无论我做了什么,我是唯一的保管者,唯一存活的记忆,那个世界唯一的遗迹。正是这一点,胜过了其他任何顾虑,使我下定决心动笔。

---

① 即 Giudecca,位于威尼斯中央岛屿的南部,曾经被称作"鱼骨岛"。

有心的读者可能很快就会明白,从之前这些看来,根据我准备要做的证词,我是一个见证者,而不是什么参与者。我并不是我故事的主人公。确切来说我也不是什么抒情诗人。即使我所见到的事改变了我生命的轨迹——当时生命尚未有什么意义,即使这些事至今还沉重地压迫着我,以它们全部的重量影响着我的行为举止,影响着我看待事物的方式,我依旧想用民族学家冷淡、平静的语气来讲述这些事:我曾去过那个被吞噬的世界,以下就是我在那里的所见。这不是因为亚哈的熊熊怒火攫住了我,而是以实玛利白色的梦、巴特尔比[①]的耐心占据了我。曾经有无数次,我恳求他们成为暗中的守护者,现在,我再一次恳求他们。

但是,根据一般原则——当然,我对它并无异议——接下来,我将尽可能简单地陈述一下我之前的生活,更确切地说,我要谈谈是什么决定了我要去

---

① 亚哈(Ahab)、以实玛利(Ishmael)为美国作家赫尔曼·麦尔维尔(Herman Melville)小说《白鲸》中的人物。巴特尔比(Bartleby)为麦尔维尔小说《书记员巴特尔比》中的主人公。

旅行。

我出生于19……年6月25日，大约4点钟，在R地，那是一个只有三户人家的小村庄，离A地不远。我的父亲有一个小小的农庄。在我快6岁时，他因受伤后病情恶化离开了人世。父亲只留下了一些债务，我所有的遗产不过是一丁点儿钱、一些衬衣、三四件餐具。剩下两户人家中，有一户提出要收养我，我就在他们家长大成人，半是儿子，半是农场的伙计。

16岁时我离开R地，去了城里。一段时间里我换了好几份工作，然而，都没找到称心的，最后我去当了兵。我习惯于服从，再加上拥有不同于常人的耐力，本可以当个好兵，但很快我就意识到自己永远都不可能真正融入军队生活。我在法国待了一年，当时是在T地的训练中心，之后，我被派去参加军事行动；这次行动持续了15个多月。在V地的一次请假外出中我逃走了。在一个拒服兵役者组织的保护下，我终于抵达了德国，在那儿，很长一段时间内我都没有工作。最后，我终于在H地安定下来，就在卢森堡边界附近。

我在城里最大的汽车修理厂找到了一份维修工的工作。我住在一家很小的包食宿的家庭旅馆,大多数晚上我都在一家小餐馆消磨时间,看看电视,有时和同事玩玩跳棋。

II

我没有童年回忆。大约到我 12 岁时,我的经历写出来不过几行:4 岁失去父亲,6 岁失去母亲,战争时期是在维拉尔 – 德 – 朗斯①不同的包食宿旅馆中度过的。1945 年,我父亲的姐姐和她丈夫收养了我。

这种经历的空白在很长时间内使我安心:它客观上的单调、表面上的确定以及天真烂漫保护着我,但保护了我什么?确切来说,如果不是保护我免受我的历史、我经历过的历史、我真正的历史、只属于我自己的历史的困扰,又会是什么呢?可以想象,这段经历既不单调,也不客观,也没有表面看上去那么确定,也不是真的那么天真烂漫。

---

① Villard-De-Lans,法国东南部城市格勒诺布尔的一个市镇,是一处滑雪胜地。

"我没有童年回忆"：我如此肯定，确信无疑，几乎带着一种挑衅的意味。没人就这个问题问过我。它也没被写进我的计划里。我无须回答这个问题。另一段历史，即那段大历史，举着它巨大的斧头，已经替我回答了这个问题：战争、集中营。

13岁时，我编造、讲述并且描绘了一个故事。之后，我就将它忘记了。七年前，一天晚上，在威尼斯，我突然想起这个故事的题目是"W"，而且，从某种角度说，即使它不是我童年故事的全部，至少也是我童年故事的一部分。

除了这个忽而想起的题目，实际上我对W没有任何记忆。我所知道的关于它的事写出来不到两行：位于火地群岛某个小岛上的一个十分痴迷体育的社会中的生活。

又一次，写作的陷阱一个个暴露在面前。又一次，我就像一个玩捉迷藏的孩子，不知道自己最害怕什么，也不知道自己最想得到什么：是一直藏着，还是被找到。

后来，我找到了快13岁时画的几幅画。借助它们，我重新创造了W的故事，将它写了下来，并在1969年9月至1970年8月的《文学半月刊》(*La quingaine littéraire*)上以连载形式慢慢发表出来。

如今，四年过去了，我着手要给这个漫长的回忆加上一个结局——我的意思是"勾勒一些界限"以及"取个名字"。W与我的奥林匹克幻想并不怎么相似，同样，这个奥林匹克幻想与我的童年也并不怎么相似。但是我知道，在它们编织的网里，正如在我阅读的书里，暗藏着我所走过的路、我历史的前行与我前行的历史。

III

我在 H 地待了三年，直到 19……年 7 月 26 日早晨，我的女房东给我送来一封信，信是前一天从 K 城寄出的。K 城离 H 地大约 50 公里，是个相当重要的城市。我打开信；信是用法语写的。信纸质量极好，笺头上印着这样一个名字：

奥托·阿普费尔斯塔[①]，MD

信纸下方有一个奇怪的纹章，很清晰，但是我对

---

① 奥托·阿普费尔斯塔（Otto Apfelstahl），这是一个德语姓氏，"Apfel"在德语中意指"苹果"，"Stahl"在德语中意指"钢铁"，根据佩雷克的创作笔记，这个谜一般的名字是仿照他姑父的姓氏"Bienenfeld"的结构创造的。佩雷克在二战中失去了自己的双亲，战后，由姑妈一家收养。这两个词还让人联想到德国作家恩斯特·荣格尔（Ernest Jünger）的两部小说《钢铁风暴》（*In Stahlgewittern*）与《玻璃蜜蜂》（*Gläserne Bienen*）。无论如何，这个名字都以某种方式隐晦地与二战、集中营联结起来。

纹章学一无所知，所以并不知道它是什么，更简单地说，我无法解读出什么。纹章由五个符号构成，但我最终只认出其中两个：正中心是一座雉堞形的塔，与整个纹章一般高；右下角是一本打开的书，翻至空白页。其余三个，虽然我想尽办法试图弄清楚它们是什么，终究还是一团迷糊。其实也不是什么抽象的符号，比如人字形条纹、斜条纹、菱形图案，而是一些相互重叠的符号，既清晰又模糊的图案，似乎可用不同的方法理解它们，但所有解读都不是特别令人满意：严格说来，其中的一个图案可以看作一条盘桓的蛇，它的鳞片应该是一些月桂树枝，另一个图案是一只手，同时又像树根；剩下那个图案像鸟巢，又像火堆，或是一个荆棘编织成的花环、一丛茂密的灌木，甚至是一颗被刺破的心。

信上没有地址，也没有电话号码，只写了下面这些话：

"先生：

如果您愿意就一件关系到您的事与我们进行一次谈话，我们将不胜感激。

7月27日，本周星期五，纽伦堡大街18号，贝格霍夫①旅馆，我们将于18时在酒吧恭候您的到来。

在此我们提前向您表示我们的谢意。很抱歉我们暂时无法对您作更多的解释，但是，先生，请您相信我们的诚意。"

紧接着是一个几乎无法辨认的签名，但笺头上的那个名字使我确定这签名应该就是"奥托·阿普费尔斯塔"。

很容易明白，这封信一开始让我感到害怕。我冒出的第一个想法就是逃走——我已经被认出来了，这很可能是敲诈。后来我总算克服了自己的担心：虽然这封信是用法语写的，但并不能说明它就是写给我的，即写给曾经的那个我，那个逃跑的士兵；我现在的身份是一个说法语的瑞士人，我属于法语地区的身份不会让任何人吃惊。那些曾经帮助过我的人并不知道我

---

① 贝格霍夫（Berghof）、纽伦堡（Nurmberg），这两个名词都具有某种隐晦的含义。希特勒当权时的某处居所的名字即为"贝格霍夫"，位于德国巴伐利亚州东南部的贝希特斯加登。纽伦堡很自然地让人想到著名的纽伦堡审判。弗洛伊德生前的一个住址是纽伦堡街18号，佩雷克先后接受过三次精神分析治疗，第一次是在1949年，佩雷克13岁时，"W"的故事即成形于这一时期（见第II章）；第二次是1956—1957年；第三次是1971—1975年，"童年回忆"的部分即完成于这一时期。

以前的名字，除非种种偶然巧合——但这不太可能，也无法理解——不然不可能出现这种情况：某个曾经在生活中见过我的人发现了我，认出了我。H地只是一个小镇，远离主干道，游客都不知道这个地方。白天我大部分时间都在汽车检修坑里，或者躺在发动机下。而且，就算因为一次蹊跷的偶然，有人发现了我的踪迹，他会向我要求什么？我没有钱，也不可能有钱。我参加的战争五年前就已经结束了，甚至很有可能我已经被赦免了。

我尽可能保持平静，试图弄清楚这封信隐含的所有可能性。它是不是源于一场漫长、耐心的追寻，一项围绕我慢慢展开的调查？他写信给某个人，而我正用着那个人的名字，或者我和那个人是同名同姓？或者某个公证人打算把我当成一笔巨额财产的继承人？

我把信读了又读，每次都试图从中找到一些新的线索，但最终找到的只是让自己更加好奇的理由。这个写信给我的"我们"，是不是一种书信的习惯用语？就像所有商业信函中的习惯表达，署名者总是以雇用他的公司的名义写信。或许我是在和两个甚至好几个写信人打交道？此外，信笺上方紧跟在"奥托·阿普费尔斯塔"后面的"MD"又是什么意思？我从汽修厂的秘书处借来一本工具字典，根据我在字典里查到的信息，一般而言，"MD"只可能是美国英语"Medical Doctor"（医学博士）的缩写形式，这个缩写词虽然在美国很流行，但并没有理由出现在一个德国人的信笺开头。也许他是医生，或者可以猜测，这个"奥托·阿普费尔斯塔"虽然是在K城给我寄的信，但并不是德国人，而是美国人。这种事本身并不让我觉得多意外：因为很多德国人都移民去了美国，很多美国医生本来是德国人或者奥地利人。但一名美国医生想从我这里得到什么？他来到K城想做什么？能否想象有一名医生，不论他是哪国人，他在信纸上透露了他的职业信息，而把医生本该告诉我的信息——他的住址或者诊所的地址、电话号码、医诊时间、医院职位等——用一个过时又晦涩难懂的纹章代替了？

一整天我都在思考怎么做才妥当。我应该去赴约吗？还是应该立刻逃走，到别处去，去澳大利亚或者阿根廷，重新开始另一段隐姓埋名的生活，重新编造一段禁不起深究的新过往、一个新身份来作掩护？时间一点点过去，我的焦虑渐渐为不耐烦、好奇所代替，我兴奋地觉得这次约见将改变我的人生。

晚上我在市立图书馆待了一会儿，翻阅各种词典、百科全书、年鉴，希望能从中找到一些关于"奥托·阿普费尔斯塔"的信息，其他关于"MD"这个缩写词可能的解释，以及关于这个纹章含义的解释。但我一无所获。

第二天早上，我忽然产生了一种挥之不去的预感，于是我在旅行袋里胡乱塞了几件衬衣，以及一些也只有在当时那种窘迫的情况下才会被我称作"最最珍贵的宝物"的东西：收音机，一块很可能是我太爷爷留传下来的银质挂表，一个在V地买的螺钿质小塑像，战时养母①某天寄给我的一枚奇特而稀有的贝壳。我是想逃走吗？并不是，我只是为一切可能性做好准备。

---

① 战时养母（marraine de guerre）指一战时期与上战场的士兵保持通信往来的女性或年轻女孩。这些士兵通常是孤苦伶仃、失去家人的人。除了写信，战时养母还会给士兵寄礼物、照片等其他物品，以此来鼓舞士兵。二战时期，这种民间组织再次出现。

我对女房东说我可能要出去几天,并且付了该付的钱。我又去找了我的老板,我告诉他我母亲去世了,我必须回到拜恩的D城安葬她,他仁慈地准了我一个星期的假,并提前几天支付了这个月的薪水。

我去了火车站,将旅行袋放在自动行李寄存处。然后我去了二等车厢的候车厅,等待晚上六点的火车,周围几乎都是即将出发去汉堡的葡萄牙工人。

IV

我不知道自己与童年之间相连的线在哪里断开了。像所有人一样,或几乎一样,我曾经有一位父亲、一位母亲、一个便盆、一张折叠式铁床、一个拨浪鼓,后来还有过一辆自行车,似乎没有一次我骑上车不发出惊恐的叫喊声,因为我觉得有人想要抬起或者拆除前后两个可以保证我平衡的小轮子。和大家一样,我忘记了我生命中最初的那些时光。

我的童年属于我不了解的那些事的一部分。但是,它就在我的身后,是我长大的地方,它曾经属于我,尽管我坚决认为它现在不再属于我。曾经有很长一段时间,我试图改变或者掩饰这种确定不疑,将自己封闭在一个孤儿的无辜形象中,好像自己是一个并未出生的人,一个可以属于任何人的孩子。然而童年不是怀旧,不是畏惧,不是失去的天堂,也不是金羊毛①,也许只是地平线,是出发点,是坐标——沿着这些坐标,我的生命之轴才能找到方向。为了证明这些不怎么真实的回忆,我只能求助于一些泛黄的照片、一些为数不多的证词、一些微不足道的文件。我别无选择,只能唤醒那些很久以来我以为一去不复返之物;曾经的一切,停滞的一切,锁闭的一切;曾经存在过的如今也许已不复存在,但曾经存在过的让我现在依然存在着。

*

我最初的两段回忆并非完全不真实,但是,很明显,无论是口述的还是笔述的版本,我都加入了各种不同的故事和虚构的真实,这些内容就算没有彻底改变我的回忆,也已经深深地影响了它。

第一段回忆应该发生在我祖母商店的里屋。我当

---

① Golden Fleece,寓意"无价之宝"。

时3岁,坐在房间的中心,四周散落着一堆意第绪语报纸。全家人将我严严实实地围在中间:这种被包围的感觉对我而言没有任何压迫感或者威胁感;相反,这是一种温暖的保护,是爱意,从中可以看出家庭的完整与圆满,全家人都在那里,围着一个刚刚出生的孩子(可我刚刚不是说当时我3岁吗?),像是一堵无法跨越的城墙。

我指着一个希伯来字母,并认出了它,全家人都高兴坏了:那个符号可能是一个左下角敞开的正方形图案,如下所示:

ᴎ

它应该读作"gammeth"(加麦特),或"gammel"(加麦勒)[1]。这整个场景,因为其主题、暖意和光线,在我看来就像是伦勃朗的一幅画,或者是一幅想象的画,标题应该是"圣人跟前的耶稣"[2]。

第二段回忆更加简单,它更像一个梦,我觉得它似乎比第一段回忆更加不真实,而且有好几个版本,它们相互重叠，使这段回忆愈加虚幻。主要情节大致如下：我父亲下班回来，给了我一把钥匙。在一个版本中，钥匙是金制的；在另一个版本中，并不是一把金钥匙，而是一枚金币；还有一个版本，我父亲下班回来了，当时我正蹲在便盆上；最后一个版本，父亲给了我一枚钱币，我把它吞进了肚子里，大家都慌了神，第二天他们在我的大便中找到了这枚钱币。

1. 附加的细节足以毁掉回忆，无论如何，这使回忆多了一个它本来没有的字母。事实上，的确存在一个名为"Gimmel"（吉麦勒）[①]的字母，我很乐意相信它可能是我名字的首字母[②]，但这个字母一点都不像我画的这个符号，严格来讲，这个字母可能是 mem[③] 或者 M。我的姑姑埃丝特最近告诉我，1939 年——我当时 3 岁，我妈妈的妹妹范妮有时会把我从贝尔维尔带到她家。埃丝特住在水街，紧靠凡尔赛大街。我们经常去塞纳河边玩，那边有大堆大堆的沙子。我和范

---

① 希伯来语字母。
② 即 G（Georges）。
③ 希伯来语字母，发 mèm 这个音，而不是 men 这个音。

妮玩的一个游戏是一起识读报纸上的字,不是意第绪语报纸而是法语报纸。

2. 在这段回忆或者这段虚构的回忆里,耶稣是一个新生儿,身边围着一些仁慈的长者。但,所有以"耶稣于圣人间"为题材的画都把耶稣画成了一个成年人。我作参照的那幅画,如果它真的存在,更可能是"圣殿婴儿奉献仪式"①。

---

① 在犹太教中,按照摩西律法,头生的男孩子必称圣归主,在出生满一个月时,举行用动物(一对斑鸠或者一对雏鸽)做献祭的仪式,这里即指这一献祭仪式。这一仪式亦是古典绘画中的常见主题,法国 17 世纪画家西蒙·武埃(Simon Vouet)有一幅画的标题就是"圣殿婴儿奉献仪式"。

V

我走进贝格霍夫旅馆的旋转门时，刚好6点。大厅几乎空无一人。三个穿着缀有金色扣子红背心的年轻服务生漫不经心地倚靠在一根柱子上，手臂交叉，低声说着话。一位行李搬运工，穿着肥大的暗绿色宽袖长外套，戴着插有羽毛的车夫帽，很是显眼，他斜穿过大厅，提着两个大箱子，后面跟着一位手里抱着一只小狗的女客人。

酒吧在大厅的尽头，一面透光隔板刚好将酒吧与大厅分开，隔板上印着高大的绿色植物。令我十分吃惊的是，一个客人都没有；空气中并没有雪茄的烟味——那味道会使空气变得近乎混浊，甚至给人窒息的感觉；我本以为会是一片沉闷的无序，会听到平淡无味的音乐，里面会夹杂着无数"嗡嗡"的说话声，可是在这里只有干净的餐桌、铺得整整齐齐的桌布以及闪闪发光的铜质烟灰缸。空调让这个地方空气清新。在灰木和钢做成的柜台后,坐着一个酒吧服务生,外套有些皱皱的,他正在看《法兰克福报》①。

我走到大厅最里面坐下。片刻间,柜台服务生的目光离开了报纸,带着一种疑问的神情望着我,我问他要了一杯啤酒。他把啤酒送了过来,慢慢吞吞的;我发现这是一个上了年纪的人,满是皱纹的手微微颤动着。

"没什么人啊。"我说道,一则为了有话可说,二则因为不管怎样,这种情况让我有些吃惊。他点点头,没有说什么,忽然,他问我:

"您想吃布雷泽②咸饼吗?"

"什么?"我没听明白。

"布雷泽咸饼。您可以一边喝啤酒一边吃饼干。"

"不用了,谢谢。我从来不吃这种饼干。还是给我一份报纸吧。"

他转身离开了,但可能是我没说清楚,或者是他

---

① 《法兰克福报》,原文为德语:Frankfurter Zeitung。
② Bretzel,德语,这里指一种咸味饼干。这个词在第VIII章中将再次出现,指犹太人的姓氏。

没有注意到我向他要了什么东西,因为他没有走向挂在墙上的报夹,而是走回了柜台,放下托盘,从一扇小门走了出去,那应该通向配餐间。

我看了下手表,正好是6时5分。我站起身,去拿了一份报纸。这是《卢森堡世界日报》①每周的经济增刊,已经是两个多月前的了。十多分钟我就把报纸看完了,我喝着啤酒,酒吧里只有我一个人。

不能说奥托·阿普费尔斯塔迟到了,但也不能说他准时。这种情况,一个人只能这么说,只能这么想——当时的我只能这么想:无论是什么约会,总需要一刻钟的弹性时间。我其实没必要有什么疑虑,也没有任何理由焦急,但是奥托·阿普费尔斯塔迟迟不出现让我很不舒服。已经六点多了,此刻我在酒吧,我一直在等他,但本应该是他在这里,在这里等我。

快6时20分了——我早就放下了报纸,啤酒也喝完好一会儿了——我决定走了。也许旅馆的办公室里有奥托·阿普费尔斯塔留给我的口信?也许他在某

---

① 《卢森堡世界日报》,原文为德语:Luxemburger Wort。

个阅览室，或者大厅，或者他的房间等着我？也许他会道歉，告诉我要推迟这次约见？突然，大厅里传来了类似于搬家具的嘈杂声：五六个人一齐拥进了酒吧，吵吵嚷嚷地在桌边坐下。几乎在同一时间，两个酒吧服务生突然从柜台后面冒出来，他们很年轻，我不禁发现，他们两个人年纪加起来应该就是刚刚招待我的那个人的年纪。

就在我喊服务生过来结账时——但似乎他正忙于为刚刚坐下的那些客人点餐，根本没注意我——奥托·阿普费尔斯塔出现了。如果有一个人，他一走进一个公共场所就停下脚步，十分仔细地环顾四周，带着一种好奇的神情，而一旦目光与您的目光相遇，他又继续往前走去，那他只可能是您的那个对话者。

这是一个四十多岁的男子，个子较小，非常瘦，刀锋一般的脸，头发很短，已经花白，剃成了板寸头。他穿着一套深灰色的斜纹西装。如果一个人的外表就能表明他所从事的职业，那他一点都没有医生的感觉，而像一个商人、一家大银行的代理人，或者一名律师。

他在我跟前不远处停了下来。

"您是加斯帕·温克勒①？"他问道，但其实他说这句话几乎不带什么疑问的语气，而更像是在确认。

"呃……是的……"我愚蠢地回答道，同时我站起身，但他示意我坐下：

"不，不，请您坐着吧，我们都坐下来，这样才能更好地交谈。"

他坐了下来，盯着我的空杯子看了好一会儿。

"依我看，您喜欢啤酒。"

"偶尔会喝点。"我不知道要怎么回答。

"我更喜欢茶。"

他微微转向柜台，举起了两根手指。服务生立刻走了过来。

---

① Gaspard Winckler，"Gaspard"这个名字与本书的文本意义具有某种密切的关联。这个名字与 Gaspard Hauser（加斯帕·豪泽尔）有关。Gaspard Hauser 是一个真实存在的人物，幼年被父母抛弃，曾出现在德国拜恩州的纽伦堡，声称寻找自己的父亲，最后被路人杀害，被后人称作"欧洲的孤儿"。由于神秘的出身、悲惨的遭遇以及孤儿身份，他逐渐成为文学中的原型人物。法国诗人魏尔兰曾作诗《我曾来过，安静的孤儿》，即以 Gaspard Hauser 为原型。"孤儿"这一身份在本书中具有非常重要的意义。此外，这个名字也出现在佩雷克的其他作品中。佩雷克的一部小说《佣兵队长》[*Le Condottière* (1960)]曾先后以"Gaspard"（加斯帕）和"Gaspard pas mort"（未死的加斯帕）为标题，小说主人公的名字正是加斯帕·温克勒，他是一个天才的造假者，见第 XXI 章。

"给我一杯茶。您还想再要一杯啤酒吗?"他问我。

我表示愿意。

"给这位先生来杯啤酒。"

我越来越觉得不自在。我是否应该问他是不是叫奥托·阿普费尔斯塔?我是否应该单刀直入、直截了当地问他,他找我做什么?我拿出烟盒,递给他一根,可是他拒绝了。

"我只抽雪茄,而且,只在晚饭后抽。"

"您是医生吗?"

我的问题——与我刚刚幼稚的想法完全不同——似乎并未使他吃惊。他只是微微笑了笑。

"我只在晚饭后抽雪茄,这怎么让您觉得我是医生呢?"

"这只是我收到您的信之后关于您种种疑问中的一个。"

"您还有很多其他问题?"

"是,还有好几个。"

"都有哪些呢?"

"嗯,比如,您找我做什么?"

"这正是一个关键问题。您希望我立刻回答您?"

"那我将不胜感激。"

"我能先问您一个问题吗?"

"请问。"

"您是否想过把名字给您的那个人遭遇了什么?"

"什么?"我没听明白。

VI

我出生于1936年3月7日星期六晚上，临近9时，在巴黎19区阿特拉斯街19号的一家妇产科医院。我想应该是我的父亲去市政府申报了我的出生。他给我取了个特别的名字——乔治，并申报我为法国人[1]。他自己和我的母亲是波兰人。我父亲当时还不到27岁，我母亲不到23岁。他们结婚一年半。除了知道他们的住处相隔不远，我并不清楚他们是在怎样的情况下相遇的。我是他们的第一个孩子。他们不久又有了第二个孩子，出生于1938年或者1939年，是个小女孩，他们给她取名为"伊雷娜"，但她只活了几天[2]。

很长一段时间里，我一直以为希特勒是在1936年3月7日派兵占领了波兰。我弄错了，要么弄错了日期，要么弄错了地区，但其实这并不重要。不管怎样，希特勒已经掌权，集中营运转正常。希特勒侵占的不是华沙，但他本可能侵占那里，或其他地方，如但泽走廊、奥地利、萨尔或捷克斯洛伐克。可以确定的是，对于我和我所有的家人，一段生死攸关的历史已经拉开了帷幕，即通常所说的死亡历史[3]。

1. 根据1927年8月10日颁布的法律第三条规定，我父亲应该是几个月后才在申报文件上签了字，确切来说是1936年8月17日，当时他面前是20区的治安法官。我保留着与这次申报原件相一致的副本，信封上是紫色的打印字体，日期是1942年9月23日，次日，我母亲把这封信寄给了她的小姑子埃丝特，这也成了我手上最后一份关于我母亲存在的证明。

2. 据我所知，姑姑埃丝特是唯一一个至今还记得她这个侄女的人，这是她唯一的侄女，她另一个弟弟莱昂有三个儿子。据埃丝特所言，伊雷娜应该出生于1937年，因为胃部畸形，可能几星期后就夭折了。

3. 为了做到万无一失，我阅读了当时的一些报纸（主要是 1936 年 3 月 7 日和 8 日的《时代报》），弄清楚了那时发生的一些事：

柏林形势突变！德意志帝国宣布废除《洛迦诺公约》。德国军队占领了莱茵河地区非军事区。

一份美国报纸刊登了这样一则报道：斯大林指责德国是战争策源地。

纽约建筑工人罢工。

意大利与埃塞俄比亚发生冲突。双方可能将通过谈判来平息骚乱。

日本发生危机。

法国选举制度改革。

德国、立陶宛进行谈判。

保加利亚发生军队暴动，被提起公诉。

意大利人在埃塞俄比亚轰炸野战医院。

根据犹太教法典仪式，波兰禁止宰杀牲畜。

在奥地利，被指控策划谋杀的纳粹分子被判刑。

刺杀南斯拉夫议会主席事件：议员阿诺托维奇朝主席斯托亚迪诺维奇开枪，但没有击中。

巴黎法学院事件：杰兹先生的课因臭弹而中断。

大学生以及中立主义大学生联盟进行反游行活动。

雷诺推出新款汽车 Nerva Grand Sport。

歌剧院上演完整版的《特里斯丹与伊瑟》。

弗洛朗·施米特当选法兰西学院院士。

纪念安培一百周年诞辰。

法国杯足球赛半决赛，一场由沙勒维尔队对战红星队，另一场将在索肖队与法孚队、竞技队与里尔队两场比赛的获胜者之间展开。

法国广播大楼项目。

吉卜斯为油性皮肤人士推荐吉卜斯皂基剃须膏；为干性皮肤人士推荐吉卜斯无皂基剃须膏。

《疤面煞星》在于尔叙利纳影院上映。

《恰巴耶夫》在先贤祠影院上映。

《参孙》在帕拉蒙影院上映。

《特洛伊战争不会爆发》在雅典娜剧院上演。

《安娜-玛丽》在玛德莱纳影院上映，导演雷蒙·贝尔纳，编剧安托万·德·圣-埃克絮佩里，主演安娜贝拉和皮埃尔-里夏尔·维尔姆。查理·卓别林的《摩登时代》将于3月13日星期五进行首映。

VII

"您不明白?"好一会儿,奥托·阿普费尔斯塔问我,目光掠过茶杯的上方看我。

"您的问题似乎有些模糊。"

"模糊?"

"不止一个人,像您说的那样,给过我名字。"

"既然您认为有必要,那我要再明确一下我的问题。我不是指您的父亲,也不是指您家人或您身边的人,您可能从他们那里获得了您的名字,我知道这是习俗,而且还很普遍。我也不是指五年前帮助您获得现在这个身份的人,准确来说,我是指您现在拥有他名字的那个人。"

"我拥有他名字的那个人?"

"您不认识他?"

"说真的,我不认识他。他在做什么?"

"我们想弄清楚的就是这件事。这也正是我约见您的唯一目的。"

"我不知道我可以帮到您什么。我一直以为他们给我的证件都是伪造的。"

"加斯帕·温克勒当时还是一个 8 岁的孩子。他是聋哑人。他的母亲采齐利娅是奥地利一位享有国际声誉的歌剧演唱家,战争时期她曾在瑞士避难。加斯帕是一个体弱多病的男孩,患有佝偻病,这种病使他陷入了几乎是彻底的孤独中。大多数时候,他都蹲在自己房间的一个角落里,他母亲或其他亲人每天都送给他豪华的玩具,但他看都不看,而且一直拒绝吃饭。为了治愈这种令人绝望的虚弱,母亲决定带孩子来一次环球旅行。她觉得,去往新的地方,以及气候、生活节奏的改变,可能会给她儿子带来有益的影响,甚至可能让他慢慢康复,最终恢复听觉,开始说话。因为给他看过病的医生都对这点深信不疑:他的聋哑病症不是因为任何内部损伤、基因病变、肢体或者生理上的畸形,而很可能是因为童年的心灵创伤,但不幸的是,虽然已经看过无数的心理治疗师,对于这一创伤的来龙去脉大家还是一无所知。您可能会说,所有这些似乎与您的经历没什么关系,也没有解释清楚为什么您会获得这个可怜儿的身份。要明白这些,首先您得知道,帮助您的那个援助机构,出于谨慎也是出于稳妥,不会使用假证件,而是使用致力于这一事业发展的政府人员提供的真实护照、身份证和印章。凑巧的是,当时那个应该为您服务的日内瓦官员在您来瑞士的三天前去世了,他什么都没准备好,可是您之后行程所有的转车地、所有的落脚处都已经安排好了。机构一时不知如何处理这件事。就在那时,采齐利娅·温克勒插手了这件事,她是这个机构的成员,甚至还是瑞士地区主要负责人之一。于是,为了应对当时的紧急情况,他们把一张稍做修改的护照给了您,那是采齐利娅几个星期前为她自己儿子办的。"

"那他怎么办?"

"国际法自动承认未成年人可以与他的双亲之一共用一张护照。"

"之后发生了什么事?"

"我觉得并未发生什么。他们应该安排好了一切,然后又为加斯帕办了一张护照。我想他们应该没想过有一天要从您这里再要回护照。"

"那您为什么认为我可能和他们见过面？"

"我对您这么说过吗？您还没等我说完呢。您到日内瓦的几个星期后，等大家确定您已经安全了，采齐利娅和加斯帕才出发去了的里雅斯特（Trieste），在那里，他们登上了一艘长二十五米的海船，'希勒梵德'（Le Sylvandre）号，这是一艘巨轮，能带他们穿过最可怕的台风。船上共有六人：采齐利娅，加斯帕，休·巴顿——他是采齐利娅的一个朋友，从某种角度说也是船长，还有两个马耳他的海员——他们既是服务生又是厨师，再加上一个年轻的家庭教师安格斯·皮尔格林——他是聋哑教学专家。但是，和采齐利娅期待的完全不同，旅行似乎并没有改善加斯帕的状态，大部分时间，他都待在自己的房间里，偶尔会愿意去甲板上看看大海。读过采齐利娅、休·巴顿、安格斯·皮尔格林以及两个海员泽波和费利佩当时写的信——您待会儿就会明白为什么我会去看这些信——就可以发现，好几个月过去了，只留下一种令人伤心的印象：这次旅行原本是为了疗养，却渐渐失去了它的意义。越来越明显的是，这次旅行没什么用，但也没什么理由半途而废。船四处漂浮，被风吹着，从一条海岸线到另一条海岸线，从一个港口到另一个港口，这儿停一个月，那儿停三个月，寻找或许会发生奇迹的陆地、港湾、地平线、海滩、海堤，一切依然是徒劳。最奇怪的是，越到后面，大家越是相信真的有这么一个地方，在大海的某个地方真的有一座岛屿、一片珊瑚岛、一大块岩石、一个海角，在那里一切都会发生，一切都将变成碎片，一切都将明了——只需等待一个有些特别的黎明，一轮落日，任何其他或壮丽或微不足道的东西：飞过的鸟儿，一群鲸鱼，落雨，乏味的宁静，炎炎烈日后的昏沉。每个人都死死抓住这个幻想，直到有一天，在火地群岛经常刮龙卷风的外海，船只被突然刮起的大风卷起，沉入了大海。"

VIII

我有一张父亲的照片,五张母亲的照片(在父亲的照片背面,可能是在 1955 年或 1956 年,在一个喝醉酒的夜晚,我曾试图用粉笔写上"丹麦王国内有某种腐败的东西",但我甚至连第四个单词都没写完)。关于父亲,我没有什么特别的回忆,只记得某个晚上他下班回到家后好像给了我钥匙或钱币。关于母亲,我唯一的回忆是,有一天她陪我去了里昂火车站,在那儿我与红十字会的人一起坐上了去往维拉尔 - 德 - 朗斯的火车:虽然我没什么地方受伤,但是我的手臂用三角巾吊着。母亲给我买了一本关于夏洛的书《伞兵夏洛》[①]：封面上有图画，降落伞的伞绳不是别的什么，正是夏洛裤子的背带。

*

书写我自己历史的计划几乎与我的写作计划同时诞生。下面的两篇文章差不多是十五年前写的。我原封不动地将它们摘抄在这里，在注释中我增加了今天在我看来必要的修改与解释。

1

照片上的父亲很有父亲的样子。他身材高大，光

[①] 《伞兵夏洛》（*Charlot Parachutiste*），按照佩雷克的描述，这本书应该是《夏洛的杂技团冒险》（*Les Aventures Acrobatiques de Charlot*）这一系列连环画中的一册。这一连环画由比利时连环画作家拉乌尔·托蒙（Raoul Thomen, 1876—1950）于1921—1939年创作。但是据法国自传研究专家菲力浦·勒热纳（Philippe Lejeune）考证，托蒙的连环画系列中并不存在《伞兵夏洛》这一本书，而佩雷克此处提到的封面画应为系列连环画中《侦探夏洛》（*Charlot détective*）的封面画。见菲力浦·勒热纳：《记忆与倾斜：自传作家乔治·佩雷克》（*La Mémoire et l'Oblique: Georges Perec Autobiographe*），巴黎，P.O.L出版社，1991，p.82-83。

着脑袋，手里拿着一顶橄榄帽。他的军大衣垂得很低[1]，腰部用一根粗皮制的皮带束了起来，这皮带很像三等车厢窗玻璃上的带子。可以猜测，在擦得锃亮的军皮鞋——这天是周日——与军大衣的下摆之间，应该是长长的绑腿布。

父亲微笑着。这是一名纯朴的士兵。他正在巴黎休假，正值冬末，当时是在万塞讷树林[2]。

我父亲当兵的时间很短。可是我只要想到他，眼前浮现的总是一个士兵的形象。他曾做过理发师、铸铁工和塑模工，但我从未因为这些把他想象成一名工人[3]。有一天我看到他一张穿着便装的照片，我很是吃惊，我总是把他看作士兵。很长一段时间里，他的照片被镶在一个皮制的相框里，摆在我的床头[4]，这个相框是我战后最先收到的礼物之一。

我所了解的关于我父亲的事要远远多于关于我母亲的事，因为我是我姑姑带大的。我知道他出生在哪里，我甚至能描述他的样子，我知道他是怎么被带大的，我了解他性格的一些特点。

我的姑姑很富有[5]，是她先来了法国，又将她的父母和她的两个兄弟接来。其中的一个兄弟（并不是我父亲）去了以色列[6]闯荡。另一个兄弟懒散，想着在钻石商人的世界里求得一个小职位。他的姐夫引荐他入了行，但是做了几个月的镶嵌活儿，他就不再愿意继续做下去，转而成了一名专业工人[7]。

我很喜欢我父亲身上那种无忧无虑的感觉。我看到的是一个轻快地吹着口哨的男人。他有一个非常热情的名字：安德烈。但是，有一天我发现——就在官方证件上——他的名字其实是伊塞克·朱德科，我相当失望，但这件事本身并不重要[8]。

我姑姑很喜欢他，是她一个人将他带大的，后来她又承担起照顾我的神圣责任，而且，她把我照顾得很好。有一天姑姑告诉我，父亲还是个诗人：他经常逃学；他不喜欢戴领带；他觉得和朋友在一起比和钻石商人在一起要自在得多（但这没解释清楚为什么他不在钻石商人中选择他的朋友）[9]。

我父亲也是一个天不怕地不怕的人。战争爆发的那一天，他就去了征兵办公室，入了伍，被编在第12外籍兵团。

关于我父亲的回忆并不是很多。

在我生命的某个时期，就是之前我提到的那个时期，我对父亲的爱与对铅质玩具士兵的爱融为了一体。有一天，姑姑让我在一双轮滑鞋和一队玩具步兵之间选一个作为圣诞节礼物。我选了玩具步兵。但她劝都没劝我，就直接进店里买了轮滑鞋，我过了好久才原谅她。后来，我上了高中，每天早上她都会给我两个法郎（我想应该是两法郎）坐公交车，但我会把钱放在口袋里，然后步行去学校，因此我经常迟到。但每周三次的钱攒在一起，我就可以在路上的一家小店里买到一个玩具士兵（泥制的，唉）。有一天，我看到橱窗里有一个蹲在地上、手里拿着战场电话机的士兵，我想起父亲就在通讯连[10]。于是，第二天我就买下了这个士兵，他后来成了我和迷你玩具部队玩战术及战略演习游戏时永远的核心人物。

我为父亲设想了好几个光荣牺牲的场景。最悲壮的一个场景是，作为通讯员的他，在把胜利的消息带给昂戴勒将军时，被一挺机关枪扫射而死。

我真傻。其实，父亲死得滑稽而缓慢。那是停战后的第二天[11]。他被发现时，正躺在一条被打偏的炮弹击中的小路上。医院人满为患。如今这座医院变成了一座荒凉的小教堂，在一个死气沉沉的小城里。公墓维护得不错。在一个角落里,几根树枝与人名、登记册一起腐烂。

我去过一次那个可以被称为我父亲的墓地的地方。那是某一年的 11 月 1 日。到处都是烂泥[12]。

有时我觉得父亲并不是傻瓜。后来,我想,这些评价,无论是正面的还是负面的,都不重要。但是,了解了他身上的敏感和智慧多少还是给了我一些慰藉。

如果父亲存活下来,我不知道他会做什么。最奇怪的是,我常常觉得他的死亡以及我母亲的死亡像一种必然。这是万事万物的宿命。

2

西拉·舒列维茨(Cyrla Schulevitz)[13],也就是我的母亲,1913 年 8 月 20 日出生于华沙。从听到的仅有的几次关于她的谈话,我了解到,更多的时候大家喊她塞西尔(Cécile)[14]。她的父亲名叫阿龙(Aaron),是个手艺人;她的母亲名叫拉嘉(Laja),出生时姓克拉捷奈瑞(Klajnerer)[15],负责照料家务。西拉是家里的第三个女儿,排行老七[16]。她的出生几乎累垮了她母亲，而她之后只生了个女孩，就在一年后，也就是我母亲的小妹妹，大家给她取名苏拉（Sura）[17]。

这些信息，颇有些统计学的意味，对我而言并不很重要，却是我对母亲的童年与青年仅有的了解。或者更准确地说，这些是我唯一确定的事。其他的事，虽然有时我觉得大家的确对我说过，且是可靠的信息，但实际上，它们只是表明我短暂人生中的某个时期与我母亲家那边时常保持着非同寻常的想象关系[18]。

因为有这些确凿之事，我要说，我觉得我母亲的童年十分艰辛，且平淡无奇。她出生于1913年，别无选择，只能在战争中长大。她是犹太人，又贫穷。也许她穿的是前面六个孩子已经穿过的旧衣服，也许大家因为忙着摆餐具、择菜、洗碗，很快就把她晾在了一边。当我想到她的时候，似乎看到犹太街区一条弯弯曲曲的马路，惨白的灯光，或许还有雪，寒碜而昏暗的路边摊，前面排着长长的队，不见移动。我母亲就在队伍里，一个小不点，好像只有三个苹果摞起来那么高，她的整个身体严严实实地裹在一条针织披肩里，身后拖着一个得有她两倍重的漆黑的箩筐[19]。

我想她应该没有受到虐待，尽管我更倾向于认为，在我刚刚如此简单描述的地方和环境里，虐待应该是司空见惯的事。但是，我看到的是一片无限的温柔、一种无尽的耐心以及浓浓的爱意。阿龙，也就是我的外公——我从未真正认识他——经常流露出一种智者的神情。晚上，他仔细地整理好工具后[20]，就戴上钢质框架眼镜，朗读圣经故事。孩子们都很乖巧，一圈圈像洋葱一般围着桌子，拉嘉接过大家轮流递给她的盘子，往里面盛上一勺汤[21]。

我没有看到母亲慢慢变老的模样。可是时间依旧在流逝，我不知道她是怎么长大的，我不知道她的所见所思。我觉得，一直以来，对她而言，一切都没有变化，一直都是曾经的样子：贫穷、恐惧、无知。她有学习读书写字吗？我对此一无所知[22]。有时我想要弄清楚这一切，但现在太多的事情使我永远忘记了这一切。我所记住的她的模样，偶然而模糊，却于我相宜。这个形象与她相似，在我看来，它几乎完美地定义了她。

在我母亲的生命中只有一件大事：有一天她得知她就要去巴黎了。我想她可能感觉像在做梦。她在某个地方找到一本地图册、一张地图、一幅图画，她看到埃菲尔铁塔或凯旋门。她可能想到了许多事，也许并不是化妆品或者舞会，也许只是想到了温暖的气候、宁静、幸福。大家可能对她说不会再有大屠杀了，也不会再有隔离区了，每个人都会有钱花。

终于出发了。但我不知道何时、如何、为何出发。是大屠杀迫使他们逃离吗？是有人让他们过来吗[23]？我只知道他们到了巴黎，她的父母，她，她的小妹妹苏拉，可能还有其他人。他们在20区一条街上安顿了下来，我忘记了那条街的名字。

拉嘉去世了。我想，在此之后，我的母亲学会了理发。接着她遇见了我的父亲。1934年8月24日，在20区的市政厅里，他们结了婚。她当时的年纪是21岁零10天。他们在维兰街住下，经营一家小小的理发店。

我出生于1936年3月。我应该度过了三年比较幸福的时光，但幼儿时期的疾病（百日咳、麻疹、水痘）[24]、许多物质上的困难以及没有希望的未来使这些时光变得黯淡。

忽然爆发了战争。我父亲上了战场，丢了性命。我母亲成了战争遗孀。她要服丧，还要抚养我。理发店关了门，她去了一家闹钟制造厂做工 25。我依稀记得有一天她受了伤，手被刺破了。她戴着星星①的标志。

一天她陪我去了火车站。那是 1942 年，里昂火车站。她给我买了一本关于夏洛的画册。我似乎看见她在站台上挥动着白色的手帕，而火车已经开动了。我要和红十字会的人一起去维拉尔－德－朗斯。

有人告诉我，她后来试图穿过卢瓦尔河。她要找的那个引渡者的小姨子已经在自由区，是她给了我母亲地址，结果却不见那人的影子。她没再坚持下去，回到了巴黎。大家建议她搬家、躲起来。但她什么都没做。她觉得"战争遗孀"的名号可以使她免去一切麻烦 26。但是，在一次大搜捕中，她和她的妹妹，即我的阿姨，都被抓了起来。1943 年 1 月 23 日她被关在德朗西（Drancy），次年 2 月 11 日被运往奥斯威辛。她回到了自己的祖国，死在了那里。她到死也不曾明

---

① 这里的星星指犹太教的标志六芒星，二战期间被德国纳粹用于标识、抓捕犹太人，样式多为佩戴于胸前的黄色六芒星。

白发生了什么。

1. 不,确切来说,父亲的军大衣没有垂得很低,它刚到膝盖,并且,大衣的下摆提到了大腿中部。所以,不能说"猜测"到绑腿布,因为完全能看到它们,而且还能看到大部分裤子。

2. 周日,休假,万塞讷树林:没什么能证实这一切。我身边还有第三张母亲的照片——也是我跟她的合照之一——那是在万塞讷树林拍的。如今看来,此处提到的照片是在我父亲驻扎的那个地方拍的,从它的尺寸(15.5×11.5cm)来看,这张照片并非出自业余拍摄者之手:我父亲穿着几乎全新的制服,在一个巡回各地的摄影师面前摆姿势。这些摄影师常常为征兵体格检查委员会、兵营、婚礼、毕业班拍照。

3. 我父亲于1926年来到法国,比他的父母大卫、罗丝(罗丝嘉)早几个月。他曾在华沙的一家制帽店学过手艺。他的大姐埃丝特(她后来收养了我)来巴黎已经五年了,他就住在她家,即拉马丁街。在很短的时间内，他似乎轻轻松松地学会了法语。埃丝特的丈夫大卫在一家细珍珠加工厂工作，很可能是他建议我父亲去珠宝店干活的。不管怎样，可以确定的是，罗丝这个精力充沛的女人开了一家小小的食品店，而我父亲则当过她的伙计：每个晚上，是他去阿勒运货。几乎可以确定，在同一时间里，他还兼做工人：好几份文件证明了他是"金属车工"，但我不知道是在工厂还是在小作坊。他可能还在卡代街上的一家面包店做过事，面包店的后间正朝向大卫工作的那栋楼的院子。另一些文件证明他是"模塑工""铸铁工"，甚至是"理发师"，但他不太可能学过理发。我母亲一个人——也可能是与她的妹妹范妮——打理她经营的那家小理发店。

4. 我想，是因为这件礼物，我一度认为相框是非常珍贵的东西。哪怕是现在，我依然会在卖摄影什物的商店前驻足停留，看上几眼。我觉得很奇怪，每次都能在单一价连锁商场找到一些五六法郎的相框。

5. 更准确地说，她是正在变得富有。

6. 就是当时的巴勒斯坦地区。

7. 虽然这是一种消极的表现，但我依然深受社会经济成功标准的影响,这些标准构成了领养我的那个家庭的意识形态的核心。

8. "伊塞克"(Icek)显然是"伊萨克"(Isaak),而"朱德科"(Judko)可能是"朱宇迪"(Jehudi)的昵称。大家本可以喊我父亲安德烈,这是很自然的事,因为他们都喊他的哥哥莱昂(那个去巴勒斯坦地区发财的人),事实上,莱昂居民身份证上的名字是埃列泽(Eliezer)。但大家都喊我父亲伊西(Isie)——或伊齐(Izy)。只有我好几十年里都以为他叫安德烈。一天我和姑姑就这个问题聊了一下。她认为这可能是他工作的关系或者因咖啡馆结识的朋友而得来的一个别名。在我看来,我更倾向于认为,在1940年至1945年间,每个人都极度谨慎,大家更愿意自己的姓氏是比安费(Bienfait)、博尚(Beauchamp)而不是比嫩费尔德(Bienenfeld),是谢弗龙(Chevron)而不是沙夫兰斯基(Chavranski),是诺尔芒(Normand)而不是诺德曼(Nordmann)[①]。所以,他们可能和我说,我父

[①] 这三个姓氏都是犹太姓氏。佩雷克的姑父大卫姓Bienenfeld,大卫的姐姐嫁给了罗贝尔·沙夫兰斯基(Robert Chavranski)。

亲叫安德烈，我母亲叫塞西尔，我们是布列塔尼人。

我家的姓氏为佩雷茨（Peretz）。在《圣经》中可以找到这个姓氏。在希伯来语中，这个词的意思是"洞"；在俄语中，意思是"胡椒"；在匈牙利语中（更确切说是在布达佩斯），意思是我们所说的"布雷泽"（Bretzel）[1]——"Bretzel"其实是"Beretz"（贝雷茨）的昵称[完整形式是 Beretzele（贝雷泽勒）]。而贝雷茨（Beretz），就像巴吕克（Baruk）或巴雷克（Barek），与佩雷茨（Peretz）词源相同——在希伯来语或阿拉伯语中，B 和 P 是同一个字母，没有区别[2]。

佩雷茨一族一般认为自己的祖先是为宗教裁判所驱逐的西班牙犹太人——佩雷一族（les Perez）应该指马拉内斯人[3]，在普罗旺斯省可以发现他们的移民——姓氏为佩雷斯（Peiresc），教皇国以及中欧——主要是在波兰，再加上罗马尼亚和保加利亚——也有他们的族人。这一氏族的核心人物之一是波兰籍意第绪语作家伊萨克·雷布什·佩雷茨（Isak Leibuch Peretz），佩

---

[1] 第 V 章曾出现这个词，指一种咸味饼干。
[2] 阿拉伯字母中没有 P 这个字母。
[3] 马拉内斯人（les Maranes），西班牙人指代阿拉伯人的用词。

雷茨家族任何一个自重的人都和他有些关系,只是这偶尔需要在族谱上下一番攀亲带故的功夫。而我,我应该是伊萨克·雷布什·佩雷茨的曾侄孙。他应该是我祖父的叔叔。

我的祖父名叫大卫·佩雷茨(David Peretz),住在卢巴尔图夫。他有三个孩子:老大埃丝特·夏嘉·佩雷克(Esther Chaja Perec),次子埃列泽·佩雷茨(Eliezer Peretz),老幺伊塞克·朱德科·佩雷克(Icek Judko Perec)。在三个孩子相继出生的几年里,也就是1896年至1909年,卢巴尔图夫先是被俄国占领,然后被波兰占领,接着又被俄国占领。他们对我解释说,某个公职人员听得懂俄语但是只会写波兰语,他当时听到的是"佩雷茨"("Peretz"),写下来却成了"佩雷克"("Perec")。但事情也许正相反,这并非没有可能。据我姑姑说,俄国人才会写成"tz"("茨"),波兰人一般写成"c"("克")。这个解释,在其表层下面,隐藏着令人难以置信的意图,它意欲隐藏我的犹太人身份,这是我根据自己的名字做出的猜测,而且,名字的拼写与发音之间的细微差别也表明了这一点:有可能写成"Pérec"("裴雷克")或者"Perrec"("佩海克")（我们在书写的时候，总会不自觉地加上一个尖音符或者连写两个 r）；而佩雷克，不太可能读成珀雷克（Peurec）。

9. 此处我感兴趣的肯定不是我父亲。我只是向姑姑求证了一些事情。

10. 我不清楚这段回忆来自哪里，没什么可以证实它。

11. 或者，准确来说就是停战那天，即 1940 年 6 月 16 日，黎明时分。因为机关枪扫射或炮弹爆炸，父亲腹部受伤，继而被捕。一名德国军官在他制服上别了一个标签，上面写着"急需手术"。他被送到了奥布省的塞纳河畔诺让①教堂，那里距离巴黎一百多公里。教堂已经被改造成收留战俘的医院，但那里早已人满为患，现场只有一名护士。父亲的血早已流尽，还未来得及动手术就为法兰西牺牲了。当天上午 9 时，朱利安·博德先生（间接税管理办公室的主要监督员，

---

① 法国市镇名。

时年 39 岁，住在塞纳河畔诺让的让 – 卡西米 – 佩里耶大街 13 号）和勒内·埃德蒙·夏尔·加莱先生（该市的市长）共同起草了一份死亡证明。其时，再过三天，父亲就满 31 岁了。

12. 是 1955 年或 1956 年。这次扫墓花了整整一天的时间。我在一家空荡荡的快餐店待了整整一下午，等回巴黎的火车。我在墓地逗留的时间非常短。我很快就在军人墓地（位于市公墓一角的方形地带）的两三百个十字架中找到了父亲的墓碑。木十字架的镂花板上刻着"PEREC ICEK JUDKO"（伊塞克·朱德科·佩雷克）这几个字，后面跟着一个登记号码，字迹当时还清晰可见。看到父亲的墓碑，我产生了一种难以名状的感觉，一种无法摆脱的印象，那时那刻我仿佛在玩耍，在做游戏：十五年过去了，儿子在父亲的墓碑前默哀。但是，在这个游戏背后还有其他一些东西——看到自己的姓氏刻在墓碑上我很吃惊（因为我姓氏的特点之一就是独一无二：在我家没有别的什么人姓 Perec）；我完成了一件一直以来必须要做的事，却产生了厌倦感，我不可能永远不去做这件事，但也永远不知道为什么要做这件事；我渴望说些什么或想起些什么，但无法克制的情感让言说断断续续，冷漠中带着一种坚定，两者形成了一种莫名的平衡，在这终于不再抽象的死亡底下（你的父亲已经死了；或者，学校10月开学时，在不认识自己的老师发的小纸片上可以这么写——父亲的职业：去世）还藏着什么，一种秘密的安宁，好像是空间里的固定点、十字架上的墨迹；就好像，因为发现了这方小小的土地，所以那我从未理解、从未经历、从未认识，也从未接受的死亡终于结束了。过去的多少年里，我不得不悄悄地从女人们满怀同情的窃窃私语以及悲伤的亲吻中揣测这一死亡。

那天，我第一次穿上了黑皮鞋以及白色细横条纹的双排扣灰色西装，实在很丑，我不记得收养我的家中是哪个人这么好心把它们给了我。回巴黎途中，泥浆一直溅到了小腿肚上。鞋子和西装都洗了，但我打定主意永远都不会再穿上它们。

13. 在写这个名字时，我拼错了三个地方：应该是苏莱维奇（Szulewicz），而不是舒列维茨（Schulevitz）。

14. 可以说，多亏这个名字我才知道圣女塞西尔是女音乐家的守护神，而阿尔比大教堂①——我直到1971年才见到它——就是为她而建的。

15. 应该是克拉捷莱瑞（Klajnlerer）而不是克拉捷奈瑞（Klajnerer）。

16. 大家只和我说过她的小妹妹和她的两个兄弟，两个兄弟后来成了摩洛哥的制皮工人，其中一个如今可能还住在里昂。1946年左右，我的一个舅舅好像来过阿松普雄街，即我姑姑埃丝特收养我的地方，他在那里住了一夜。同一时期，我好像遇到了一个曾与我父亲在同一军团的人。

17. 这只可能是我的阿姨范妮，可能她的大名是苏拉。我已记不得是从哪儿获知了这些信息。

18. 现在我肯定不会再以这种方式讲述。

19. 我无法明确这个故事的原型，一个肯定是安徒生童话《卖火柴的小女孩》，另一个可能是珂赛特②在

---

① 阿尔比大教堂，全名为"阿尔比圣–西塞尔大教堂"（La cathédrale Sainte-Cécile-Albi），位于法国南部比利牛斯大区塔恩河畔的城市阿尔比。
② 珂赛特（Cosette），法国作家维克多·雨果的小说《悲惨世界》中的人物。

德纳迪埃家的一段遭遇，很可能两者组合在一起就形成了一个非常明晰的剧本。

20. 其实，阿龙［或阿隆（Aron）］·苏莱维奇不是手艺人，而是流动商贩。我对他的了解与对祖父的了解差不多，或者说两人我都不怎么了解。

21. 此处，这一场景很明显参照了小拇指和他兄弟们的故事，以及路易·茹韦在《可笑的悲剧》中塑造的众多孩子形象。

22. 我母亲在法国学会了书写法语，但她经常犯错。战争期间，我的表姐比昂卡给她上过几次课。

23. 事实上，我母亲在她很小的时候，也就是说可能在一战结束后，就立马和家人来了巴黎。

24. 这些细节，就如同之前的大部分细节，完全是我随意编造出来的。但是，我双手大部分手指指尖关节处至今还有伤痕，事故可能发生在我几个月大的时候：我母亲将一个烧水壶放在了地上，水壶可能打开了或者是打碎了，烫伤了我的两只手。

25. 即"钟表机械工业公司"（Compagnie industrielle de Mécanique horlogère），通常被称作"Jaz"。1941 年

12月11日至1942年12月8日,我母亲在那里做工。

26. 当时法国的确颁布了几部法令保护某些群体,如战争遗孀、老人等。但我无法理解我母亲以及那么多和她处境相似的人怎么会相信这些法律,哪怕是短暂的片刻。

我们一直都没弄清楚我母亲和她妹妹的行踪。可能是,在被运往奥斯威辛集中营时,她们被带到了另一个集中营,也可能是她们乘坐的列车半途被施放了毒气。我的祖父与外祖父也被运往集中营;据说,大卫·佩雷茨在火车上窒息而死;阿龙·苏莱维奇则下落不明。我的祖母罗丝,侥幸躲过追捕:宪兵来她家时她正好在一个邻居家;她在圣心教堂躲了一段时间,终于到了自由区。我一直以为途中她是躲在一节行李车厢里,其实不是,她是躲在火车司机的驾驶室里。

我母亲没有碑墓。直到1958年11月13日,一项法令正式宣布她死于1943年2月11日,在德朗西(法国)集中营。之后的一项法令,即1959年11月17日颁布的法令,明确指出,"如果她是法国国籍",她将有权被追认这么一句话:她为法兰西献身。

*

我还有其他一些关于我父母的信息，但我知道它们对于我想说的东西一点用处都没有。

这两篇文章写于十五年前，之后的日子，我一直觉得我能做的只是重复它们；无论我能增加的或真或假的细节多准确，无论我给它们穿上讽刺、情感、无趣或是激情的外衣，无论我的想象多丰富，我的虚构多恣意，无论这十五年来我在写作上取得了多少进步，我都觉得自己只是在不断地重复而已。写于1970年的一篇关于我父亲的文章，比第一篇还要糟糕，这足以让我动摇，让我如今再也没有勇气重新开始。

与我一直以来的观点不同，这其实并不是有待发现的真诚话语与迫切需要明确范围的写作技巧彼此交替所产生的影响。这关系到被写的事物本身，关系到写作的计划和回忆的方式。

我不清楚自己是否并无可说的东西，我觉得自己什么也没说；我不清楚自己本想说的东西之所以并未说出，是不是因为它本就不可言说（不可言说之物并未隐藏在写作中，它恰恰是促使写作开始的因素）；我知道我所说的东西既单调又平淡,但它代表着永远永远的消失。

这就是我所说的,这就是我所写的,这就是唯一存在于我书写的文字中、存在于这些字与字连成的行里、存在于行与行之间的空白处的东西——发现一些笔误(例如,关于我写错了母亲的名字那段,一开始我写的是"我犯了错",而不是"我拼错了"),或者为父亲大衣的长度苦思冥想两小时,或是在句子里寻找并很快找到俄狄浦斯情结或阉割情结的小小回声,这些都是徒劳。在我这些陈词滥调里,我能找到的,永远只是写作中缺失的某句话的最后倒影,只是他们愤怒的沉默,还有我沉默的愤怒:我写作不是为了说我什么都不会说,我写作不是为了说我没什么可说。我写作,我写作是因为我们曾一起生活,是因为我曾是他们中的一员,曾是他们身影中的身影,是他们身体旁的身体;我写作是因为他们在我身上留下了他们难以抹去的痕迹,而这种痕迹就是写作:他们的回忆在写作时已经死去,而写作就是回忆他们的死亡,就是肯定我的生命。

IX

"后来呢?"

"什么后来?"

"在这个故事里,除了一个与我同名的溺亡者,还有什么其他事与我相关?"

"目前并没有。差不多该我出现了。我只是简单地说了这些事,也许您会觉得我跟温克勒一家是至交,甚或觉得我也是帮助过您的那个组织的一员,它让您获得了一个全新的身份所带来的安全,哪怕是此时此地,这一安全也没有受到威胁。但事情并非如此。直到十五个月前,更准确地说直到去年的5月9日——这很有可能是海难发生的日期——我对您和您同名者的故事一无所知。我只是一个普通的音乐爱好者,但是我知道采齐利娅·温克勒是一位伟大的歌唱家,我甚至记得就在战前不久,我曾在大都会歌剧院听她演唱过苔丝狄蒙娜①这一角色。虽然我从未与她或者她的同事有过任何直接接触,但是我听说了那个帮助过您的救援组织的名字,我欣赏它在世界各地所做的卓越工作。从某种程度上说这是一种职业热情:我全身心投入相关工作。也是出于这个原因我才会调查加斯帕·温克勒的事,连带着也调查了您的事。目前我在一个海难救援协会工作。这是一家国际化的私人机构,它的资金或来自慈善机构,或来自私人捐赠,或来自某些政府组织、市政组织,如海运商业部、北海商会联盟,但主要还是来自保险公司。它的前身其实是必维国际检验集团②的一个下属机构。您应该不知道这个机构?"

"不知道。"我承认。

"这个组织成立于19世纪初,每年它都会出版一份有关船只建造、海洋动态、海难情况以及相关损失的统计数据集刊。上世纪末,集团一个领导在遗嘱

---

① 苔丝狄蒙娜(Desdemona),莎士比亚悲剧《奥赛罗》中奥赛罗的妻子。
② 必维国际检验集团(le Bureau de Véritas),成立于1828年,是全球知名的国际检验、认证集团,其服务集中在质量、健康、安全和环境管理以及社会责任评估领域。

中表达了这样一个心愿：政府每年发放给组织的补助金——在当时是相当可观的一笔钱——应当用于救助海难幸存者，而不是像一直以来的那样只是把钱攥在手里。这项建议完全不符合集团的各项章程，但是当时救援组织很流行，于是董事会决议将每年预算中的0.5%用于建设一个慈善组织，这一组织的任务是收集所有失事海船的相关资料，并在有限的资金范围内，对它们实施营救。不久之后，劳氏船级社①以及美国运输部，这两个必维集团的竞争机构联合起来投身于这项事业，海难援助协会才得以慢慢发展起来。"

"我不太明白你们如何实施救援。船只沉没时，你们必然都不在现场！"

奥托·阿普费尔斯塔默默地注视了我一会儿。我发现酒吧里又变得空荡荡的，只有一个穿黑衣服的服务生在最里面——既不是那个为我点单的服务生，也不是后来出现的那两个服务生——他点亮插在旧瓶子里的蜡烛，放在餐桌上。我看了下手表：晚上9点。

---

① 劳氏船级社（Lloyd's Regis Ter of Shipping，缩写为LR），也译作英国劳埃德船级社，成立于1760年，是世界上成立最早的船级社。从事有关船舶标准的制定与出版、船舶检定、造船规则公布等。——编者注

我的名字还是"加斯帕·温克勒"吗?我是否应该去世界的另一端找他?

"船只沉没时,"奥托·阿普费尔斯塔又继续往下说(我感觉他的声音似乎非常近,他说的每一个字我都听得清清楚楚,仿佛他曾经和我谈论过我自己),"也许不远处就有另一艘海船,它会过来实施营救——情况最好的时候会有这样的事发生;也可能根本就没有别的船,乘客们只能挤到橡皮艇上、救生筏上,或抓着木头以及被海浪冲走的船只残骸四处漂浮。大部分人在大概三四个小时后会被海浪吞没,但也有一些人,也不知道他们怀着怎样的一种希望,能坚持好几天、好几星期。几年前我们曾找到一个这样的人,在离海难发生地八千多公里处,他抱着一个木桶,半个身子都被海盐腐蚀了,但他还活着,彼时离遇难发生已经有三个多星期了。您也许知道下面这件事,一艘英国货轮在大西洋亚速尔群岛沉没,船上的一名男船员在一块木筏上生存了四个半月,从1942年11月23日到1943年4月5日。这些情况很少见,但的确发生过,哪怕是现在也有这样的事,一些遇难者被冲到一块暗礁上或者一个荒岛上,或者在一片冰架上找到一个不堪一击、日渐融化的避难所。只有对这样的遇难者我们才能展开最有效的营救。巨大的海船将沿着熟悉的航线前行,营救行动基本可以迅速展开,哪怕是损失很惨重或极端危险的情况。我们的行动尤其针对个人、游艇、观光小艇和遇险的拉网渔船。如今,由于各个关键地点都布下了通信网络,我们能在最短的时间内收集到所有的信息,并协调营救行动。我们机构还负责搜集海上漂流瓶以及它们的现代版——遇难船只发出的海难求救信号。如果最终找到的只是已经被海鸟啄食得不成样子的尸体——这是最最常见的情况,唉——我们仍然会派一艘救生船、一架救生飞机或直升机及时到达海难发生地,希望能再找到一两个生还者。"

"您刚刚不是说'希勒梵德'号海难发生在十五个月前吗?"

"的确如此。您为何问我这个问题?"

"我猜您是希望我也能加入这次搜寻?"

"正是此意,"奥托·阿普费尔斯塔说道,"我希望您能去那里寻找加斯帕·温克勒。"

"为什么要这么做?"

"为什么不呢?"

"不,我是想说,海难发生十五个月后还想找到幸存者,您怎么会有这样疯狂的念头?"

"'希勒梵德'号发出求救信号后,我们仅用十八个小时就确定了它的位置。它撞在了一座小岛的礁石上,地点在圣伊内斯岛南部,南纬54°35′,西经73°14′。虽然当时刮着狂风,智利民防组织的救援小组还是在几小时后,也就是第二天凌晨,成功抵达海船。在船的内部,他们找到了五具尸体,最终确认他们是:泽波、费利佩、安格斯·皮尔格林、休·巴顿以及采齐利娅·温克勒。但是在乘客名单上还有第6个名字,一个10岁左右的孩子,加斯帕·温克勒,他们没有找到他的尸体。"

X

维兰街

我们当时住在巴黎 20 区的维兰街。这是一条从花冠街延伸出来的小街,大致呈 S 形,延伸至一些陡峭的台阶,这些台阶通向特朗斯瓦尔街和奥利维·梅特拉街(这个十字路口是最后几个站在那儿能将巴黎全景尽收眼底的地方之一。1973 年 7 月,我和贝尔纳·凯萨纳一起在这个地方拍摄了电影《沉睡的人》[①]的最后一个镜头)。如今维兰街几乎已全部被摧毁。一半以上的房屋已被推倒,只剩下大片的空地,堆积着垃圾、破旧的锅碗瓢盆和汽车骨架,还立在那里的房

[①] 《沉睡的人》(*Un homme qui dort*),为佩雷克于 1967 年创作的一部小说,后改编成同名电影。

屋大多数只剩下黑乎乎的墙壁。就在一年前，24号我父母的房子，1号我外祖父母的房子——我的阿姨范妮也曾住在这里，还保存完好。当时还能在24号那儿瞧见一扇被堵起来的木门，它正朝大街，门上方依稀可以看见刻着"女士理发室"（Salon de coiffure）几个字。我依稀记得在我幼年时，这条街是用木头铺成的。在某一个地方，好像还有一大堆漂亮的立方体形状的铺路木块，我们用它们做堡垒、汽车，就像夏尔·维尔德拉克[①]所写的《玫瑰岛屿》里面的那些人一样。

我第一次回维兰街是在1946年，同行的还有我的姑姑。我记得她好像同我父母的一个女邻居说了话。又或者，她只是同我一起回来看望我的祖母罗丝，她从维拉尔-德-朗斯回来后曾在维兰街生活过一段时间，之后去了在海法的儿子莱昂那里。我记得当时我好像还在街上玩了一会儿。在之后的十五年里，我没机会也没想要再回去那里。那时，我应该还无法确定

[①] 夏尔·维尔德拉克（Charles Vildrac，1882—1971），法国诗人、剧作家，《玫瑰岛屿》（*L'Ile Rose*）是其于1924年创作的童话小说。

街道的位置，所以更有可能去贝尔维尔地铁站或者梅尼蒙当地铁站附近寻找它，而不是在皇冠地铁站附近。

我和住在附近艾米塔吉街的朋友们再次回到维兰街，是在1961年或者1962年一个夏天的夜晚。这条街没有唤起我任何清晰的回忆，只有一种模糊的熟悉感。我既找不到苏莱维奇一家曾经住过的那座房子，也找不到我6岁之前住过的那座房子——我一直错以为它位于7号。

1969年以来，我每年都会回一次维兰街，我正在写一本书，暂定的题目为"地点"，在这本书里我试图描写巴黎12个地点在十二年里发生的变化。出于种种原因，我特别迷恋这几个地方。

24号建筑由一些小楼组成，一层或两层，围着一个脏兮兮的小院子。我不知道自己以前住在哪座房子里。我也没有想过进这些房子里面看看，因为现在住在那里的大多是葡萄牙或非洲的移民工人，而且，我也确信这不会唤起我的任何回忆。

我似乎记得大卫、罗丝、伊西、塞西尔和我住在一起。我不记得有多少个房间，但我想不会超过两间。

我也不记得罗丝的食品店是在哪里（可能在朱利安-拉克鲁瓦街23号，这条街较低的地方与维兰街相连）。有一天，埃丝特告诉我罗丝和大卫住在24号，那个房子和我父母的房子完全不一样，那是门房住的地方。也就是说，那个屋子是在底层，而且非常小。

两张照片

第一张照片拍摄于费德照相馆，它位于巴黎11区贝尔维尔林荫大道47号。我想那是在1938年。照片上是我和我母亲的一个特写镜头。母亲和孩子露出一种幸福的神情，摄影师的光影更加凸显了这种感觉。我在母亲的怀里。我们的脑袋靠在一起。母亲的黑发前面很蓬松，后面卷卷的，垂落在颈脖上。她穿着一件印花图案的短上衣，好像是用一个别针扣着。她眼睛的颜色比我深，形状稍为细长。她的眉毛非常细，画得很好。脸蛋是椭圆形的，脸颊突出。母亲微笑着，露出了牙齿，笑得有点傻，不是她平常的样子，可能是摄影师让她这么做的。

我有一头金色的头发，额头上有一个美丽的波浪卷（在我所有遗忘的记忆中，这也许是我最想找回的一段记忆：母亲为我梳了头发，为我设计了这么一个美丽的波浪卷）。我穿着一件浅色外套（也许是一件长袖衫，或者是一件大衣），扣子一直扣到脖子那儿，缝合的小领子。我的耳朵很大，脸蛋肉嘟嘟的，下巴却小巧，已经可以看出标志性的笑容和斜视的目光。

第二张照片的背面有三行字：第一行，一半的字已经被剪掉了（因为某一天，我非常愚蠢地给很多照片切了边），是埃丝特的字迹，还可辨认——万塞讷，1939；第二行，是我的字迹，用蓝色圆珠笔写着"1939"；第三行是用黑色铅笔写的，不知是谁的字迹，写的应该是"22"（很可能是洗照片的摄影师写的登记号）。当时是秋天。母亲端坐着，或更准确地说，她倚着一个金属架子，可以看到两根横梁就在她身后，看起来像是巴黎公园里常见的那种用木桩和铁丝做成的篱笆。我站在她身边，确切来说，是站在她的左边，也就是照片的右边，她戴黑色手套的左手放在我的左肩上。最右边有个什么东西，也许是正在给我们拍照的人（是我父亲吗）穿的大衣。

我母亲戴着一顶很大的毡帽，帽檐是一圈丝带，挡住了她的眼睛。耳垂上缀着一颗珍珠。她温柔地笑着，头微微侧向左边。显然，和第一张照片不同，这张照片没有被修饰过，可以看到她左鼻孔旁边有一粒很大的美人痣（在照片的右边）。她穿着一件大翻领大衣，深色呢绒质地，里面是一件可能用人工丝做的紧身短上衣，圆领，七颗白色的大纽扣将衣服扣了起来，第七颗隐约可见；细条纹状的灰色短裙一直垂到小腿边，裙子下摆应该也是灰色；一双有点奇怪的皮鞋，厚厚的橡胶鞋底，高高的鞋面，粗粗的皮制鞋带，鞋带头上缀着一些流苏。

我戴着一顶贝雷帽，穿着一件套头式深色大衣，两粒皮制的大纽扣扣着，大衣一直垂到屁股下方，膝盖光溜溜，灰色羊毛袜在脚踝处卷起。小巧的高帮皮鞋只有一粒纽扣，可能刚上过油。

我的手胖乎乎，脸蛋圆嘟嘟。耳朵很大，浅浅的忧伤地微笑，头微微侧向左边。

照片的背景是一些树叶几乎落尽的树木，还有一个小女孩，穿着一件毛领很小的浅色大衣。

德雷塞林荫大道

当时我父母两个人都在工作,我的祖母也在工作。白天的时候,是范妮在照顾我。她通常会把我带到德雷塞林荫大道,我姑姑和她女儿艾拉住在那里。我猜我们是在花冠站坐地铁,在星形广场站换乘,然后在帕西站下车。就是在德雷塞林荫大道上,艾拉曾试图把我放到自行车上,我的尖叫声引来了周围所有的人。

大逃难

我最初清晰的记忆和学校有关。我开始上学的时间不大可能是 1940 年前,即在大逃难发生之前。关于大逃难,我自己没有任何印象,但是有一张照片保留了它的痕迹。因为我把照片切了边,所以看不清上面写的地址,可能是埃丝特写下的地址,她自己也不记得了,只看得清时间:1940 年 6 月。

我开着一辆小汽车,记忆中是红色的,照片上非常清晰,可能还有一些红色的小挂件(在引擎盖旁边还有通风栏)。我穿着一件只有一粒纽扣的粗毛线衣，袖子很短或是被卷起来了。我的头发乱蓬蓬地卷着。我的耳朵很大，笑得很灿烂，眼睛快乐地眯成了一条缝。我的脑袋微微向左倾（照片上是向右）。在我身后，有一道关上的栅栏，栅栏下半部分还有一层金属细丝网，背景深处是一个停着一辆四轮马车的农家院子。

我不知道这个村庄在什么地方，很长一段时间里我以为是在诺曼底，但现在我觉得更有可能是在巴黎东部或北部。事实上，当时附近发生了好几次轰炸。我祖母的一个朋友和她的孩子们在那里避难，也带上了我。她告诉我姑姑每次轰炸时她会把我藏在鸭绒被下，还说占领村子的德国人很喜欢我，经常和我玩耍，他们中有一个人有时会把我放在肩上带我去散步。她告诉我姑姑，我姑姑后来又告诉我，她当时很是害怕，她怕我说一些不该说的话，她不知道如何向我解释我应该严守的秘密。

（我姑姑告诉我，那是一个非常胖、非常和蔼的女人。她那时是做裤子的缝纫女工。她的儿子后来做了医生。她的女儿曾在我姑父的珍珠加工厂做过穿珠工，后来去了美国，在那里结了婚，把她接到了那里。）

一张照片

照片后面写着"蒙苏里公园 19（40）"。拼写完全不分大小写——可能是我母亲写的，这应该是我唯一拥有的母亲手写的东西（我没有任何我父亲手写的东西）。我母亲坐在草坪旁边一把公园椅上。远处，有一些（松柏类的）树木，一株高大、茂密的植物。母亲戴着一顶很大的黑色贝雷帽。她穿的可能就是在万塞讷森林拍的照片上的那件大衣，这可以根据扣子看出，只是，这次扣子被扣上了。包、手套、裙子下摆以及系鞋带的皮鞋都是黑色。母亲是一位遗孀。她的脸是照片上唯一明亮的所在。她在微笑。

学校

我有三段关于学校的回忆[1]。

第一段回忆最模糊：是在学校的地下室。大家都挤在一块儿。有人让我们试戴防毒面具：云母做成的巨大眼洞，前面垂着什么东西，刺鼻的橡胶味。

第二段回忆最深刻：我飞快地跑着——准确来说不是奔跑，每跨一步，我就会顺着刚蹬地的那只脚跳一次。这是一种奔跑的方式，介于真正的奔跑与单脚跳跃之间，孩子们经常这么做，但我不知道它具体叫什么——我在花冠街上奔跑着，两只手拿着一幅我在学校画的素描（也许是水粉画），上面赭色背景下有一只棕熊。我高兴坏了，声嘶力竭地喊着："熊宝宝，熊宝宝！"

第三段回忆，似乎最清晰。学校里有人发给我们计分卡。那是一些用黄色或红色的纸板做成的方形小卡片，上面写着"1分"，周围饰有花纹。一周内计分卡积累到一定数目，就有机会获得一枚奖章。我特别渴望得到奖章，有一天我终于如愿以偿。老师把奖章别在我的罩衫上。下课时，楼梯上人特别多，脚碰脚，头碰头，大家推推搡搡。我在楼梯的正中间，撞倒了一个小女孩。老师认为我是故意这么做的，她立刻跑到我身边，一点都不听我的解释，把我的奖章给摘了。

现在我依然可以看见自己在花冠街上奔跑，以孩子那种特有的奔跑方式,而且,现在我依然可以真实地感觉到有人在后面推我,这是被不公正对待的确凿证据,被他人压迫所导致的身体失衡感——从我的上方落下来,落到我的身上——如此深刻地烙在了我的身体里,以致我会想,这段回忆是不是掩盖了另一个与此完全不同的事实:不是关于一块被夺走的奖章的回忆,而是一段别着星星的回忆。

1.实际上,在写这三段回忆时,我又想到了第四段回忆:关于我们在学校做的纸桌布。我们把各种各样颜色的薄纸板做成的细纸条并排放着,然后把同样大小的纸条同它们穿在一起,一条在上,一条在下。我记得这事很让我着迷,我很快就掌握了方法,而且我还做得非常好。

出发

我母亲陪我去了里昂车站。我当时 6 岁。她把我托付给红十字会一列开往格勒诺布尔的列车,那里是自由区。她给我买了本画册,一本关于夏洛的书,在封面上可以看到夏洛,他的手杖、帽子、鞋子、小胡子,他正在跳伞。夏洛裤子上的背带把降落伞绑在了他身上。

红十字会正在撤离伤员。我并没有受伤。但是他们必须把我带走。所以,我必须看起来像是受了伤。因此,我的胳膊用三角巾吊着。

但是,我姑姑的解释很明确:我的胳膊并没有用三角巾吊着,我没有任何理由需要这么做。我是"烈士之子""战争孤儿",所以红十字会才带我走,一切都符合规定。

也许,事实可能是,我患了疝气,所以绑着疝带,也就是吊带。到了格勒诺布尔后,我似乎记得自己接受了手术 —— 我甚至一度以为是蒙多教授负责的手术,我不知道自己是从领养我的家庭中的哪个成员那里获知了这个细节 —— 既是疝气手术,又是阑尾手术(他们很有可能利用这次手术帮我割了阑尾)。可以肯定的是,这不会是我刚到达格勒诺布尔的时候。据埃丝特所言,阑尾手术是后来发生的事。艾拉说,我的确患过疝气,但应该是更早些时候,是在巴黎,当时我父母都还健在[1]。

这段回忆穿插了三个标识：降落伞、悬吊的胳膊、疝带。这些都是悬吊、支撑或者假肢的近义词。活着就需要支撑。十六年后，1958年服军役时，种种偶然之下，我成了一名临时跳伞兵，在往下跳的瞬间，我忽然明白了这段回忆模糊的意义：我急匆匆地跳下去，所有的绳子忽然都断开，我往下掉，就我自己一个人，没有任何依靠。降落伞打开。伞面舒展，在稳当落地之前，它摇摇晃晃，悬在半空中。

1. 实际上我绑着疝气带。我在格勒诺布尔接受手术，是在几个月之后，手术时他们帮我割了阑尾。这对于想象无济于事，但能确定某个事实依据。至于想象出来的那条悬吊着的胳膊，不久之后，将发现它会奇怪地再次出现。

XI

"'希勒梵德'号每到一个地方都会记录日志及海港信息，我们研究了这些文件，并核对了各种天气信息和无线电测向信息，最终得以用一种较为有效的手段重新呈现海难发生时的情况。'希勒梵德'号最后一站是在斯坦利港，在福克兰群岛①一带。从那里出发，海船抵达勒梅尔海峡，绕过了合恩角，接着，它并没有继续驶向太平洋，而是向北航行到了拿骚港湾，之后它沿着奥斯特岛与纳瓦林岛之间狭长的航道，抵达比格尔运河，运河差不多正对着乌斯怀亚。5月7日，正午时分，休·巴顿按照每天的惯例，测量了经纬度，并在航海日志上记下了所在的位置：大概是55°（应

---

① 即马尔维纳斯群岛（阿根廷叫法），1982年，英国与阿根廷为争夺岛屿主权在此处开战。

该是南纬度数)、西经71°这样的数字,也就是说,当时他们同布雷克诺克半岛几乎在同一纬度,即在火地群岛最西边的地方,奥布莱恩岛和伦敦德里岛之间,达尔文山脉最后的分支延伸至的外海,换言之,他们当时离海难发生地不到100海里。第二天,非常奇怪,并未记录位置,换言之——不管怎么样这其实是一回事——位置没有在航海日志上出现。9号,凌晨3点,正在威德尔海捕鲸的一个挪威人以及特里斯坦-达库尼亚群岛的一个无线电爱好者收到了'希勒梵德'号发出的遇难呼救信号,但他们都没有办法跟海船联系上。之后不到两小时,呼救信号就转发到我们这里,但已经失去了海船的信息,我们在蓬塔阿雷纳斯和艾米特海角的基站试图与之建立联系也没有成功。从智利援救人员撰写的报告可以得知,'希勒梵德号'发出的SOS信号就在灾难发生前几分钟,甚至可能就是前几十秒钟。救生艇的固定装置都未拆下,五个人中有三个人甚至都没穿上衣服,没有人有时间穿上各自的救生衣。猛烈的撞击无疑十分恐怖,安格斯·皮尔格林被他房间的墙壁完全压碎,休·巴顿被粗大的桅杆撞破了脑袋,泽波被岩石压得血肉模糊,费利佩被一根钢制的缆绳割断了头颅。但最可怕的是采齐利娅之死。她没有像其他人那样即刻死去,她的腰被一只旅行箱撞断,箱子没有固定好,撞击发生时脱离了原来的位置。采齐利娅一直试图够到房间的门将它打开,她可能挣扎了好几个小时。智利的援救人员发现她时,她的心脏刚刚停止跳动,血殷殷的指甲深深地抠进了橡木门。"

"她的孩子呢?"

"孩子的房间就在采齐利娅的隔壁。房间里的东西,如衣服、玩具,乱糟糟地散了一地。但孩子不在里面。"

"他可能掉到海里去了。"

"这几乎不可能。除非当时他在甲板上,但他没有任何理由会在那里。"

"也许他的确就在那里呢?"

"凌晨3点?!凌晨3点他会在甲板上做什么?"

"也许有什么人,比如休·巴顿,觉得暴风雨的景象会对孩子产生积极的影响……"

奥托·阿普费尔斯塔摇了摇头。

"不,"他说道,"这不可能。就算他掉进了海里,海水也会把他在礁石上撞得粉碎,我们应该能找到一些痕迹、一些线索，与他相关的一些东西，比如血迹、一缕头发、一顶软帽、一只鞋子，不管是什么。但是什么都没有，我们搜查过了，我们的潜水员在水里一直找到精疲力竭，找遍了岩石的每一个角落。什么都没有。"

我一言不发。我觉得奥托·阿普费尔斯塔说到此处时，期待从我这里得到一个答案，或者说至少是某种反应，什么都可以，可以是冷漠，哪怕是敌意。而我不知道要说什么。他也沉默不语，甚至看都不看我。某个地方传来手风琴声。我的眼前忽然闪过一个水手聚集的小酒馆，大概在一个极地港口，三个戴着又厚又长的蓝色羊毛围巾的水手看起来很暖和，他们一边喝着维养多酒（Viandox），一边在手心里呵气。我在口袋里翻来翻去想找根烟抽。

"您的烟在桌子上。"奥托·阿普费尔斯塔平静地说道。

我拿出一根烟。他递给我一个点着的打火机。我小声地表示感谢，几乎听不见。

我们就这样一言不发地待了大概五分钟。我时不时猛吸一口烟，又干又涩。奥托·阿普费尔斯塔盯着他的打火机，好像失了神，他随意地转了几下打火机，又在自己的喉咙处挠了几下。

"如果，"他终于说话了，打破了越来越沉重的静默，"如果我们考虑一下'希勒梵德'号的平均速度，以及它在5月7日正午被记录下的位置，可以发现，9号凌晨3点时，海船应该往西边开了很远了。此外，除非出现了某种极度混乱、某种慌张失措或某种集体恐慌，否则船长不可能不记录位置，因为这是保证航行安全必不可少的基本程序。因此，我们必然会得出唯一的一个结论。您明白吗？"

"我想我明白，但我不能肯定这是不是就是唯一的结论。"

"您的意思是？"

"他们应该是折回去找孩子，也就是说，在此之前孩子已经逃跑了。我并不是不同意这个结论，但也可能是，他们抛弃了孩子，后来又后悔了。"

"这有什么不同吗？"

"我不知道。"

又是一阵长长的沉默。

"您是怎么找到我的?"我问道。

"我有些执迷于那次灾难,因为那些遇难者的身份,因为那个孩子神秘的失踪。从一个地方到另一个地方,我重新梳理了那次旅行中发生的事,我联系了亡者的朋友和家人,我甚至阅读了他们收到的信件。三个月前,去日内瓦出差期间,我见到了采齐利娅曾经的私人秘书,您认识他,就是他将您的身份证件给了您。他告诉了我您的存在,并且把他所知道的关于您的事情讲给了我听。比起寻找其他人,寻找您要容易得多。整个德国就25个瑞士领事馆……"

"火地群岛有一千多个小岛。"我补充道,像是自言自语。

"一千多个,的确。但大部分都没法到达,无人居住,或不适于居住。阿根廷和智利的海警坚持把其他岛屿都搜遍了。"

我不说话。某个瞬间,我想问问奥托·阿普费尔斯塔,他是否认为我会比海警更加幸运。但是这个问题,在此之后,也只有我自己能回答了。

(……)

第二部分

"这诡异的薄雾,黑影憧憧,

——难道我的未来就在那里?"

——雷蒙·格诺

XII

应该是在那里，在世界的另一端，有一座岛屿。它的名字叫 W。

它东西走向，最长的地方大约 14 公里。它的整体轮廓像下颌似乎有点脱落的绵羊的头。

迷路的旅人，意志坚强或不幸的海难遇难者，无所畏惧的探险家：命运、冒险精神或是对怪物的追寻将这些人抛到这片群岛中央，它们沿着南美大陆裂开的海角伸展开去。这些人本来没有什么机会踏上 W。因为海岸边没有任何天然的登陆点，只有一些浅滩。浪花中的暗礁让这些海滩充满了危险，还有一些玄武岩悬崖，陡峭，笔直，没有任何罅隙。西边，相当于绵羊枕骨的地方，是一些臭气冲天的沼泽，它们由两条流着热水的河流形成，分别是奥梅格河与夏德河。

两条河几乎平行的蜿蜒地带,沿着一条短短的水流在岛屿最中心形成了一个肥沃、葱郁的微型美索不达米亚平原。周边极其恶劣的自然环境——坑坑洼洼的悬崖峭壁,干旱的土地,永远冰冷、雾气朦胧的景物,使得眼前这片清新、肥沃的土地更显神奇:不再是被南极洲的狂风吹拂的荒野之地,不再是锯齿状的峭壁,不再是千万只海鸟掠过的细长海藻,而是一些被橡树林、法兰西梧桐环绕的恬静山峦,一条条尘土飞扬、两边堆着干石头或砌着高高的篱笆墙的道路,一片片长着越橘树、萝卜、玉米和红薯的广阔田野。

尽管有这样一片沃土,但无论是火地人还是巴塔哥尼亚人[1]都没有在W扎下根。19世纪末,外来移民在这里定居时,W还完全是一个没有人烟的荒岛,就像现在这个地区大部分岛屿一样,如今岛上所有的人都是那些移民的后代。雾气、峭壁和沼泽使任何人都不能靠近这里。那时,探险家和地理学家还没能完成,甚或说,尚未开始对岛屿海岸线勘测,在大多数地图上,都没有W这个地方,即使有也只是一个模糊的没

---

[1] 火地人和巴塔哥尼亚人皆为南美洲南端的印第安人。

有名字的点，它的轮廓线模糊到几乎无法把海洋与陆地分清。

传统上，岛屿的建立及命名要追溯到一个名叫威尔逊的人。这一点是公认的，但具体的说法却各种各样。比如，有一个版本说威尔逊是一个灯塔守护者，他的某次疏忽大意可能导致了一次可怕的事故；另一个版本说，这是一个犯罪团伙的头目，在被送往澳大利亚的过程中他们可能发动了暴乱；还有一个版本说，这是一位厌世的尼莫[①]，一心想要建立一个理想国。第四个版本同前一个很相似，但是有些意味深长的不同之处，它说威尔逊是一个冠军（也有人说他是一名教练），他执迷于奥林匹克事业，对皮埃尔·德·顾拜旦[②]当时遇到的困难感到绝望，他确信奥林匹克的理想只会受嘲笑、受玷污，沦落为一味追求利益的肮脏交易，屈从于那些声称要为奥林匹克服务的人最最卑劣的妥协。他下定决心要不惜一切代价，建立一个新的

[①] 尼莫（Nemo），儒勒·凡尔纳作品中的人物名，曾出现在《海底两万里》《神秘岛》《鹦鹉螺号潜艇》《穿越不可能的旅行》等作品中。佩雷克的这部作品多处与凡尔纳的作品有关。

[②] 皮埃尔·德·顾拜旦（Pierre de Coubertin，1863—1937），法国著名教育家、国际体育活动家和历史学家，现代奥林匹克运动的发起人。

奥林匹亚，它将远离任何沙文主义的争吵，不受意识形态的操纵。

这些传说的细节并不为人所知，它们本身的真实性也无从确定。但这并不十分重要。对某些风俗（例如，某个村拥有某种特权）或尚在使用的几个姓氏的细致考察也许可以引出一段准确、明晰的 W 的历史，可以弄清楚移民来自哪里（至少可以肯定，他们是白人、西方人，甚至是清一色的盎格鲁－撒克逊人：荷兰人、德国人、斯堪的纳维亚人，即在美国被称作 Wasp[①] 的那个傲慢阶级的代表人物），弄清楚他们有多少人，他们颁布了哪些法律，等等。但不管 W 是海盗建立的还是运动员建立的，本质没什么大的不同。真实的是，确定的是，从一开始就让人震惊的是，如今的 W 是一个把体育奉作神明的国家，一个运动员的王国，在那里，体育与生活交融在一起形成一种不可估量的力量。村子入口处高大的柱廊上刻着豪迈格言：

[①] White anglo-saxon protestants 的缩写，意为"白人盎格鲁－撒克逊新教徒"，指美国当权的精英群体，即殖民时代来自英国（尤其是英格兰和苏格兰）的移民。

FORTIUS ALTIUS CITIUS[①]

宏伟的体育场里是精心维护的煤渣跑道，巨大的壁报每天实时公布比赛结果，每日只有优胜者才能获得喝彩，大家都穿着背部印着巨大的白色W字样的灰色运动衫。这些就是最初呈现在每一个新来者面前的几幅景象。赞叹和兴奋油然而生。（谁不会被这严明的纪律、这些日常的英勇行为、这激烈的战斗、这胜利带来的迷醉所打动呢？）这一切都将让他明白：生活，在这里，就是为了让身体获得最伟大的荣誉。很快就会看到，这种竞技的天职怎样决定了城里的生活，体育怎样统治着W，又怎样深刻地影响了社会关系和个人追求。

---

① 拉丁语，意为"更快、更高、更强"。

XIII

从此之后，有了回忆，或转瞬即逝或挥之不去，或轻盈或沉重，但是没什么能将它们凝聚在一起。它们就如同这断断续续的写作，由孤零零的字母构成，字母无法缝合成单词，直到十七八岁，我的写作一直都是如此。或如同这些凌乱、散落的画，其中杂乱无章的各个部分几乎永远不能连接在一起。在编造 W 这个故事时，也就是在我 11 岁至 15 岁那段日子里，我在整本练习本上画了这些画：这些人物没有任何法子可以将自己与本应支撑自己的土地联结；海船的帆与桅杆脱离、桅杆与船身脱离、战争机器，死亡导弹，还有装置古怪的飞机和汽车，它们的喷管脱节、缆绳断落、轮子空转。飞机的机翼与机身分离，运动员的双腿与身子分离，手臂与躯干分离，双手抓不住任何东西。

这一时期的首要特点就是定位的缺失：回忆是从虚无中夺来的生命碎片。没有任何缆绳。没什么能系住回忆，没什么能固定回忆。几乎没什么能确认回忆。没有任何历史年表，除了这些年来我随意重建的这份——时间流逝。四季轮回。滑雪或者割稻草。没有开始也没有结束。再也没有什么往昔，很长一段时间里也没有未来，只是这一切在持续。我们在那里。事情发生在一个遥远的地方，但是谁也说不清楚那个地方离哪里远，或许仅仅是离维拉尔－德－朗斯远。时不时，就会换地方，去另一个旅馆或另一个人家。事物、地方要么没有名字，要么有好几个名字；人没有面孔。这次是这个姑姑，下次是另一个姑姑。或者是一位祖母。某天遇到一位表姐，而自己几乎已经忘记还有这么一位表姐。之后再也见不到任何人。不知道这是正常的还是不正常的，是否一直都会这么继续下去，或者一切只是暂时这样。也许有些日子有姑姑，有些日子没有姑姑？什么都不问，不知道具体应该问些什么，如果一心想要问什么事，会有点害怕得到的答案。不问任何问题。期待着命运将姑姑带回来，不是这个姑姑，就是那个姑姑，说到底，其实根本不在意是两个姑姑中的哪一个,甚至不在意是否存在什么姑姑。事实上,总会有点吃惊,竟然会有什么姑姑、表姐,还有一位祖母。生活中,很容易忽略这些事,看不出它们有什么用,看不出为什么这些人比另一些人重要,不是很喜欢她们——那些姑姑忽而出现,忽而消失。

唯一确定的是,这一切持续了很久很久,然后有一天忽然就结束了。

甚至是我的姑姑和我的表姐们也忘记了很多很多事。我姑姑记得看见一座座山,她心想,为什么她在森林边看到的那个小农庄不是她祖父的那个。她就出生在那里,整个童年时代她应该都在那里玩耍。

而我,我应该喜欢在晚餐后帮助妈妈收拾厨房的餐桌。桌子上应该铺着一块蓝色小格子漆布。在桌子上方,应该有一盏吊灯,餐盘形状的灯罩,由白瓷或搪瓷制成,还有一个滑轮装置,带着梨形砝码。我应该会找出书包,拿出课本、练习本和木制的文具盒,把它们放在桌子上,开始做作业。我的课本里就是这么描述的。

XIV

W的大部分居民聚居在四个定居点，大家简单地把它们叫作"村子"：W村，它可能是最古老的村子，由第一代W人建立，还有北-W村、西-W村以及西北-W村，分别位于W村的北边、西边和西北边。村子与村子之间靠得非常近，以至于一个赛跑运动员清晨从自己的村子出发，依次穿过其他三个村子，不到中午就能回到出发点。这项活动非常受人欢迎，很多体育总监都会把它作为集训的热身运动，不仅仅针对那些长跑运动员，而且包括所有的田径运动员，以及投掷运动员、跳跃运动员和摔跤运动员。

连接村子的道路非常窄，于是形成了这样一个习惯：每天早上沿着同一方向进行热身跑，也就是说沿着顺时针方向跑。反向而行则不啻为一种严重的犯规行为。在W，"犯规"这个概念即使没有人了解，也至少是体育道德的一个组成部分（任何错误，无论是有心的还是无心的——这种区分在W毫无意义——都会自动失去比赛资格，也就是说导致失败，如果这算不上影响全局的处分，至少也是非常严重的惩罚），因此，违背习俗——若不涉及比赛——只能意味着某种挑衅：在这样一个十分简单的基础上形成了一个较为复杂的机制，它影响了村子之间的关系。

这一机制是W生活的支柱之一，要理解它，就必须稍稍明确一下"村子"的概念：村子并不包括W所有的居民，而只包括体育运动员，以及那些虽然不再从事任何体育运动、不再参加任何体育比赛但对于运动员来说必不可少的人：团队总监、教练、医生、按摩师、营养师等。有些人的活动并不直接关系到个人，但关系到他们之间的比赛，按照等级的高低、责任的大小，这些人指组织者、赛事总监、比赛监督与裁判员、计时员、保卫员、乐师、火炬手与旗手、信鸽员、跑道清洁工、服务员等，他们住在体育馆或者辅助房。日常活动与体育没有或者不再有直接关系的其他人，主要指老人、女人和孩子，他们住在W村西南边几公里远的一个住宅区内，大家都称它为"堡垒"。在那里，有医院、中心医疗室、疗养院、年轻人之家、厨房、工场等。"堡垒"这个名字本身也是源于正中心的那座建筑，那是一座筑有雉堞的高塔，几乎没有窗户，用一种灰色多孔、类似于石化岩的石头砌成，塔的形状让人想到灯塔。这座塔是W中央政府的所在地。在那个地方，最重要的决策以最隐秘的方式被通过，尤其是关系到最隆重的体育盛会即体育大会的组织事项。体育大会包括三种运动会：奥林匹克运动会、斯巴达克运动会以及大西洋运动会。政府成员从比赛组织者以及比赛监督、裁判员中选拔，但从来不会在运动员中选拔。因为管理一座体育城市需要一种绝对的公正，但不管是哪个运动员，不管他有多诚实，不管他比赛的公正意识有多强烈，他都会不自觉地维护自己的胜利，即使不是如此，至少也会维护自己所在的团队的胜利，因此他们无法贯彻裁判团坚定不移的中立性。更直白地说，任何行政职务，不论高低，都不会任派给一个正在受训的运动员：村子和体育馆（从某种程度上说相当于中央政府的市政机关）由中央政权委任的官员管理，通常这些人都从计时员以及赛事总监中选拔［所谓的"赛事总监"是指负责一场比赛顺利进行的下级管理人员;不可将它与所谓的"体育总监"(或"团队总监")混淆,后两者负责运动员的训练,保证他们良好的身体素质]。

总之,在 W,一个村子就相当于别处所说的"奥运村",即奥林匹亚城的列奥尼达翁之屋①,或者相当于集训营,重大国际体育比赛前夕,各国的运动员都会在那里做热身训练。

每一个村子除了运动员的住所外,设有若干训练跑道,一座健身馆,一个游泳池,若干按摩室,一家医疗所,等等。相邻两个村子中间都有一个体育馆,面积不大,这两个村子之间的比赛就在这里举行。这四个村子形成了一个正方形,大约在正中心处矗立着中央体育馆,宏伟得多,体育大会,也就是所有村子的代表选手参加的比赛,就在这里举行。所谓的"选拔测试",简言之就是选拔赛,即不相邻的两个村子之间的对抗赛,也在这里举行。因此,一切都很清晰,例如,W 村可能每天都会与北-W 比赛(就在 W 村

---

① 列奥尼达翁之屋(Leonidaion),建于公元前 330 年,为一处迎宾院,负责比赛进行时的来宾招待,类似于奥运村,因是建筑师列奥尼达(Leonidas)所建而得名。

与北 -W 村之间那个它们共有的体育馆里），与西 -W 村比赛（就在 W 村与西 -W 村之间的那个体育馆里），但它几乎不可能有与西北 -W 村较量的机会，它们没有共同的体育馆。同样的道理，北 -W 村不太可能有与西 -W 村竞技的机会。所以各个村子之间的比赛机会相当不同。就因为经常出现这样的情况，所以这种差异性激化了村子之间的矛盾对立；出于村民的某种本能反应，运动员始终认为，与他们的村子不相邻的那个村子的运动员是他们最危险的对手。不相邻的两个村子之间的比赛因为一种斗争的精神、一种侵略性、一种必胜的决心而更加激烈，这也赋予这类比赛一种相邻村子之间的比赛所不具有的吸引力，而某一个村子内部的预选排名赛就更不具有这种吸引力了。

正如大家看到的那样，这些比赛分成四类。

最低级别的比赛，是预选赛，同一个村子的运动员在预选赛中获取参加村际比赛的资格。

然后是地区锦标赛，在相邻的村子之间展开，共有四组比赛：W 村对北 -W 村，W 村对西 -W 村，北 -W 村对西北 -W 村，西 -W 村对西北 -W 村。

接着就是"选拔赛"，不相邻的两个村子之间进行对决，W 村对西北 -W 村，北 -W 村对西 -W 村。

最后就是体育大会，我们已经说过，它包括三种比赛：奥林匹克运动会，每年举行一次；斯巴达克运动会，每三个月举行一次，它面向的选手主要是那些在自己的村子里没有晋级的运动员；还有大西洋运动会，每个月举行一次。

体育大会举行的日期由中央政府决定。其他的比赛取决于挑战原则：每天早上热身赛开始时，某一个村子的一名运动员朝逆时针方向出发，这名运动员由村子的体育总监在前一天晚上指定，要他挑战他遇到的第一个运动员。有三种可能性：他挑战的那位运动员，要么和他同村，那白天举行的比赛应该是村子内部的预选赛；要么属于两个相邻的村子中的某一个，那要举行的就是地区锦标赛；要么来自不相邻的村子，那要举行的就是选拔赛。

XV

亨利是我父亲的姐姐的丈夫的姐姐的儿子,一直以来我习惯把他看作我的表哥,虽然他其实并不是,他的母亲贝尔特也不是我的姑姑,马克也不是我的姑父,尼沙和保罗也不是我的表兄弟。亨利患有哮喘病,二战之前,有人建议他去呼吸一下维拉尔-德-朗斯类似于山里的空气。出于这个原因,收养我的家庭中所有没有选择移民去美国的成员——也就是说大概三分之二的人——都躲到了维拉尔-德-朗斯,与此同时,他们的一些亲戚(我的意思是一些远亲)、一些朋友也来到了这里,还有相当多的犹太人——也不全是犹太人——也来到了这里,他们来自被占领的法国的各个地方,有的甚至来自更远的地方,例如比利时。他们占据了一座座房屋、家庭旅馆、儿童旅馆,所幸在维拉尔这样的地方多得是。

我姑姑埃丝特和她的家人住在一座有点偏僻的别墅里，在一条大坡道的顶端，这条路一直延伸到维拉尔的大广场，路的下半段变成了村子里两条主干道中的一条，即所谓的商业贸易通道。这条路的右边最低处坐落着加尔德农场，那里住着我姑父大卫的弟弟马克、他的妻子阿达以及他们的孩子尼沙和保罗，较高处，路的左边是一座叫作"雪屋"的别墅，那里住着大卫的姐姐贝尔特、她的丈夫罗伯特以及他们的孩子亨利。

我觉得当时我知道什么是"雪屋"：用冰块堆起来的住所，因纽特人[①]建造的房子；但我可能并不知道什么是"雾凇"（frimas），我姑姑埃丝特住的别墅叫这个名字。在此之前，我一直以为这个词的意思是我第一次对此产生疑问时所得到的解释：一种关于冬天的诗意表达，既让人想到雪的洁白又让人想到天气的严寒。但这一刻，一种姗姗来迟的自传作者的谨慎促使我翻看各种词典，我才明白——与此同时，我不断地问自己怎么会这么长时间都不知道这个意思呢——它

---

① 原文为 Esquimaux，中译为因纽特人（Inuit）。

特指落霜的大雾。

关于别墅本身，我几乎没有任何确定的回忆，虽然在不久之前，即 1970 年 9 月，我还回去过。我知道房子外面有一条楼梯，一侧是一堵矮墙，由一些圆形大石头堆积而成：其中的三块圆形石头在一张照片上清晰可见，照片上几个少年在一个夏日聚集在楼梯上，其中可以看到我的表姐艾拉，还有我的表哥保罗。

别墅旁边，道路的另一边，有一个农场——如今已变成了一个塑料玩具制造厂——当时那里住着一个胡子灰白的老人，他穿着没有领子的衬衫（就是奥森·威尔斯①喜欢让阿吉姆·坦米罗夫②穿的那种衬衫，它们总是让我想起无国籍者丢失的尊严，那些沦落为擦地工人的大公被羞辱的高傲）。关于这个人我有一段十分清晰的回忆：他在一个锯木架上锯木头，架子两端是两个平行的十字架，两个架子立在地上，形成了一个法语中叫作"圣-安德烈十字架"的 X 形状，一

---

① 奥森·威尔斯（Orson Welles，1915—1985），美国电影导演、编剧、演员。
② 阿吉姆·坦米罗夫（Akim Tamiroff，1899—1972），格鲁吉亚裔美国演员。

根横梁将两个十字架固定在一起，简单说来，两边的架子就是X。

我的回忆并不是关于场景的回忆，而是关于词语的回忆，唯一一个关于这个转变成词语的字母的回忆，关于语言中这个独特名词的回忆，这个词只有一个字母，它的独特之处在于它是唯一一个字形与字义一致的字母（绘图人员使用的丁字尺"Té"，这个词的发音就是T这个字母的发音，但写出来并不是T这个字母），也是关于被无故删除的文字符号的回忆——这些X的线条与原本并不想写下的词相关，是充满矛盾的符号，既意味着切除［在神经生理学上，比如，博里森和麦卡锡（《应用生理学杂志》，1973年，34：1-7）将完好的猫与切除迷走神经的猫（VAGX）或者切除颈动脉神经的猫（CSNX）进行对比］，又意味着增殖，既指排序（X轴）又指数学未知数，最后还可以把它看作某个几何学假说的起点，从中拆离出的V构成基础图案，它们各种各样的组合勾勒出我童年故事主要的象征图案：两个V顶对顶放在一起就是X；把X两条线沿垂直方向延长相等的长度，就构成纳粹的标志（卐）；这个符号也很容易分解，把其中的一个部分$\mathcal{S}$沿下方的轴旋转90°就构成$\mathcal{SS}$;两个一正一倒的V并列又会得到一个图案(XX),再把这个图案各条线水平移动就可得到犹太星(✡)。基于同一种视角,我想起,当我看到查理·卓别林在《独裁者》中用一个一模一样的标志(从它的组成部分看)替代了卍标志时,很是震惊,他呈现出的是两个X交错叠加的图案(X)。

*

别墅后面,有一块巨大的石头,从正面几乎不可能爬上去——我记得似乎曾经见到过我一个所谓的表哥,可能是尼沙,成功地爬上了这块石头——但从背面就很容易爬上去,唯一的困难就是要越过一个"烟囱",因为没有任何有利的踩脚点,所以只能一边依靠肩膀、腰、手掌,一边依靠用力踮起的双脚。这样一种微不足道的探险结束后,我总感到很骄傲,这也许解释了为什么这一幕会定格在照片上:我在石头上摆了一个姿势(一只脚稍稍往前,双手放在身后),几乎看不出是仰拍,但显然可以从中发现这块巨石实际上只是普通大小而已。

我的头发剪得很短,穿着一件浅色的短袖衬衫以及一条颜色较深、样式很怪异的短裤:裤子似乎没有门襟,扣子在侧面;这可能是我表姐艾拉的一条短裤,对我而言它太大了,长度还可以(我可以从其他照片中——亨利或者保罗的照片,还有其他一些——确认,在那个时代短裤一般是到膝盖),但腰身不合适,长长的腰带将裤子收拢,这就足以说明一切;我的两条腿光溜溜,黝黑,似乎碰在了一起(好像刚到维拉尔时,我佝偻得厉害,但实际上在照片里看不出来);我穿着白色的凉鞋,应是橡胶或者类似于橡胶的东西做成的;我直直地盯着镜头,张着嘴巴,微笑着;我的耳朵很大,是招风耳。

*

我想我在"雾凇"别墅没住多久,可能就是在我到达维拉尔后,即1942年春末,我在那里住了几个星期。我记得我姑父当时有一辆非常漂亮的山地车,艾拉有时会骑这辆车,姑父骑着它可以在一天内往返格勒诺布尔，这在我看来是一件了不起的大事。我还记得我姑姑用刀把摊在撒了面粉的木桌上的面团切成细长的面条，然后把这些面条晒干。还有一次，她甚至把苏打粉和牛油（可能还有一些粉末）混在一起，要自制一块肥皂。

*

虽然从时间上来说不太可能，因为这件事只可能发生在寒冬——后来证实事实的确并非如此——我还是固执地认为以下这一幕就发生在这最初短暂的日子里：我和姑姑沿着通向村子的那条路往下走；半路上，姑姑遇见了她的一位朋友，我伸出左手向这位女士问好；几天前，我在浴盆小道下面的滑冰场上滑冰时被一个小雪橇撞了；我仰面摔倒，肩胛骨断裂；这处骨头不好打石膏；为了让肩胛骨愈合，他们就用一个什么固定装置把我的右臂绑到背后，禁止我任何活动，于是我外套右边的袖子就空空地晃来晃去，好像我是一个名副其实的独臂人。

我姑姑和我表姐艾拉都不记得这次骨折事件，对我而言，它却带来了一种无以言说的快乐，因为它激起了大家的同情。

1970年12月，我在朗斯的一个朋友家住了几天，那地方离维拉尔大约七公里，在那里我遇见了一个名叫路易·阿尔古-普的泥瓦匠。他在维拉尔出生长大，与我年纪相仿，我们很容易就回想起我们一个共同的同学，菲利普·加尔德。马克、阿达、尼沙、保罗曾经在很长时间内住在菲利普的父母家，尼沙后来还同他的大姐结了婚。在维拉尔的最后一年，我总是和菲利普一起去市镇小学。但路易·阿尔古-普对我说那时他每天都和菲利普一起上下学，他一点都想不起我的存在。我问他是否记得我后来遭遇的那场事故。他没什么印象，但让他很吃惊，因为他很清晰地记得一模一样的事故就发生在这个菲利普身上，原因一样（滑轮、雪橇的撞击、仰面摔倒、肩胛骨断裂），后果也一样（无法打石膏，只能用固定装置，绑上它就像一个残疾人），但他记不得事故发生的时间。

事情发生的时间可能更早，或者更迟，但我不是那个英勇的伤者，而只是一个旁观者。同里昂车站我悬吊的胳膊一样，这样的骨折完全可以康复，只需静养一段时间就可以痊愈,我很清楚它背后的象征意义,但哪怕是现在,我依然觉得这种暗喻并不能解释清楚到底是什么断了,而以某种肢体幻象作掩护其实无济于事。更简单地说,这些想象的治疗方法,与其说是被迫的,不如说是有意识的,这些悬置点①,指代的是可以言说的痛苦,它们可以解释为何有那些宠爱,它们的真实原因只能低声道出。不管怎样,就我所能回想起的一切,"肩胛骨"这个词以及与它相关的部分"锁骨"这个词,总是让我感觉那么熟悉。

---

① 原文为 Points de suspension,悬置点、支撑点,亦指省略号。这里一语双关,一方面指前文中提到的绷带之类的支撑物,另一方面指回忆的混乱、缺失与空白。

XVI

传统派主张沿用古代奥运会的比赛项目,至少沿用 1896 年雅典奥运会的 12 项比赛项目,现代派则希望加入其他一些项目,如举重、体操、足球。几经探索,再三权衡,体育大会管理委员会最后终于确定了 22 项比赛项目。

除去希腊罗马式摔跤(指某种拳击和角力相结合的竞技运动,摔跤运动员只能赤手上场,用手肘攻击对方,肘部绑着灌铅的皮带),所有比赛都属于美国人所说的 Track and Field,即田径赛。12 项径赛,其中三项短跑(100 米、200 米、400 米),两项中长跑(800 米、1500 米),三项长跑(5000 米、10000 米、马拉松),四项障碍跑(110 米栏、200 米栏、400 米栏、3000 米障碍跑);七项田赛,其中三项跳跃比赛(跳高、跳远、三级跳),四项投掷运动(铅球、链球、铁饼、标枪）。除了这19项田径比赛外，还有两项包括好几种项目的混合比赛，即五项全能与十项全能比赛。令人费解的是，也许是形态学的原因，撑竿跳没有或者说不再列为比赛项目。也不再有接力比赛，在这里接力赛没有任何意义，观众不会理解它，个人的胜利永远代表着团队的胜利，团队的胜利却不能代表什么。

为了保证体育大会的趣味性，必须确保各个村子代表之间的比赛要激烈。因此每个村子在每场比赛开始前都要让运动员一字排开，针对这一目的训练自己的队员。也就是说，运动员的训练必须高度专业化，针对每一项比赛，要全力培养出这项运动且只是这项运动的最优者。

一个村子的运动员人数为380～420人。这些人中，新人（都是些14岁的男孩，他们来自"年轻人之家"，随着老运动员的离开，他们逐渐入住村子）的人数不确定（50～70人），但参赛者的总人数是确定的，即330人，共有22支运动队，每个队15人。如果有运动员要离开团队——要么是因为他到了规定的年纪，要么是因为他没有能力再有什么出色的表现，要么是因为什么意外事故——体育总监就会依据形态学、生理学以及心理学的标准，同时结合他们在训练中的成绩，在新人中年龄最大的孩子（17或18岁）中间挑选他们认为最有能力取而代之的那个人。

每个运动队所在的村子会定期举行排名赛，在15名运动员中逐出前三名。这三个人将代表村子参加地区锦标赛、选拔赛以及奥林匹克运动会。而且，第一、第二名运动员将获得参加大西洋运动会这一令人艳羡的资格。其余12名运动员，也就是没有获得前三名的运动员，将参加斯巴达克运动会。

可以看出，这种代代更替的方式尤其能解决组织方面的问题；它能保证严格且准确的运动员人数，在管理人员看来，这能最大限度地简化一切管理活动。一切都一目了然：在整个W，有60名短跑运动员，分布在4支运动队里，每队15人；6人参加地区锦标赛或者选拔赛，8人参加大西洋运动会，12人参加奥林匹克运动会，48人参加斯巴达克运动会。以同样的方式可以明白：大西洋运动会有176名竞技者，奥林匹克运动会264名，斯巴达克运动会1056名。这些数字一旦被确定下来，就立即成为一种不变的惯例，被写进淘汰赛章程。不管什么比赛，这些数字都能保证其绝对的规范性，这就是让一直为效率操心的运动会管理委员会十分满意的地方。

很显然，对于体育总监而言，无论他们负责的是一个村子还是一个队伍，这样的体制还是有些不合理之处。最大的不合理就是它禁止一个人参加多项比赛。众所周知，一个短跑运动员通常既擅长跑100米，也擅长跑200米，一个中长跑运动员同时擅长800米和1500米，长跑运动员同时擅长5000米、10000米、马拉松长跑。大部分奥运会的优胜者名单都能证明这一事实：索普在斯德哥尔摩、希尔在安特卫普、库茨在墨尔本、史奈尔在东京获得了双冠，扎托贝克在赫尔辛基、欧文斯在柏林获得了三个冠军，帕沃·鲁米在巴黎获得了四个冠军。在大型比赛前夕，很多体育总监常常很愿意安排这样的运动员（应该是竞技状态最好的那个运动员）参加多项比赛。虽然理论上这是可能的，而且没有任何法律禁止一人参加多项比赛，但这种现象从未出现过：任何村子都不会冒险做出这样的事，即派出少于预先规定数量的运动员参加比赛，这可能是担心惹恼组织者，也很有可能是因为，奥林匹克运动会开幕式上，在向管理人员介绍体育运动员时，264名运动员需列队站出一个巨大的W形状，如果一个队伍的人数减少了（寄希望于其中的一个冠军选手赢得多项比赛），就会影响到这幅人物镶嵌画的完美性。

尽管一直还没得到真正的证明，但大家还是欣然认为，既定的训练方法非常适合各种不同的比赛，比如，一个短跑运动员可以专门为100米比赛做准备，而另一个运动员可以专门为200米比赛做准备。

但是还有五项全能赛和十项全能赛。这种极其专门化的训练结果之一就是，没有时间——说真的，也没有方法——培养一个具备参加五项或十项不同比赛最基本能力的运动员。新手在他们刚到村子的几年里接受多个项目的训练还算合理，但是为了培养真正全能型的运动员，以一种职业化的方式继续沿用这种训练方式，这种勉强的努力并没有取得很好的成绩。这很容易解释：每个村子很快都会明白，W制定的体育法就是这样规定的，最好是不惜一切代价赢得五项不同比赛的胜利，五个运动员分别准备这五项比赛，一个运动员只要取得一项胜利就可以了，而不需要一个运动员在五项、六项比赛中都获胜。

五项全能赛和十项全能赛的成绩都非常糟糕，组织者一开始对此感到很惊讶，一时差点要取消这些比赛。最后他们还是保留了这两项比赛，但以一种独特的方式将比赛与运动员的平庸表现结合在一起。他们是为了取乐才进行这些比赛，这些伪比赛是为了使在大部分比赛中神经绷得很紧的观众轻松一下。全能赛的运动员化装成小丑模样，以夸张的方式做着鬼脸，冲进体育场，每一项比赛都是为了搞笑：200米赛跑是单脚跳着跑，1500米赛跑是套着袋子跑，跳远的起跳板通常都会涂着肥皂，很危险，诸如此类。要在这些项目中取得胜利需要一些运动天赋，但尤其需要的是演员的素质，一种模仿、戏拟、滑稽的感觉。一个新手，如果他善于扮鬼脸，或者能悲伤得面部肌肉抽搐，或者有轻微的残疾，比如说佝偻病、跛脚，或是拖步走，或者有些肥胖，或者相反极其瘦弱，或者有严重的斜视眼，他就极有可能会被派去参加五项全能赛或十项全能赛，届时他将面对的不仅仅是快活的观众的嘲弄声，而且还有其他更大的风险。

也正是在这两项比赛中——运动队替换成员的情况很少见——会出现某个也许因为一场事故一直被排

除在比赛之外的运动员，只要他符合必要的条件，比如太年轻无法享受老队员的权利，但显然又没有能力成为一名教练。

XVII

我先是被寄养到一个包吃住的儿童旅馆,负责人是一位普菲斯特先生(可能是个瑞士人)。路易·阿尔古－普确定这个机构的名字是勒克罗－玛戈,但在我模糊而遥远的记忆中,它的名字应该和鸟有关(比如说"山雀")。我姑姑告诉我,似乎那个时候我还不知道怎么系鞋带,而系鞋带可能是入住的一个必要条件(其他条件还包括:能够自己切肉,能够打开、关上水龙头,能够喝水时不把水洒出来,不尿床,等等)。

旅馆就在"雾凇"别墅附近,那段时期,我可能与领养我的家庭经常往来,我觉得前后也就几个月而已。我还记得有一天我陪姑姑埃丝特去了"雪屋",也就是她的小姑子贝尔特家。她们坐在客厅里,贝尔特打发我去楼上同她的儿子亨利玩,他当时十二三岁。我不知道自己为什么对那个楼梯保留着非常清晰的记忆,它极其狭窄,而且很陡。我看到亨利和他一个名叫罗贝尔(他的姑姑是亨利外祖父表兄弟的妻子)的远房表兄坐在地上,他们正兴高采烈地玩着移动海舰战斗游戏(这是海军战斗游戏一个非常复杂的变体,很容易理解,游戏中军舰可以移动位置:我应该还有机会再次说到这个游戏)。他们一开始就拒绝带我一起玩,因为觉得我年纪太小,无法掌握游戏规则,这令我觉得很丢脸。

*

关于外面的世界,我一无所知,除了知道战争正在进行,有战争,就有逃难者:有一个名叫"诺曼底人"的逃难者住在一位名叫"布列塔尼人"[1]的先生家里。这是我记得的第一个笑话。

还有意大利士兵,他们是穿着制服的阿尔卑斯山猎人,我依稀记得制服的颜色是刺眼的绿色。见到他们的时候不多。据说他们很蠢,但不会伤害别人。

---

[1] Normand 和 Breton,此处指人名,但又分别有"诺曼底人"和"布列塔尼人"之意。诺曼底(Normandie)和布列塔尼(Bretagne)是法国西北部毗邻的两个大区。

XVIII

很明显，在 W 体育生活最基本的组织方式（举一些基本的例子：村庄的存在、团队的构成、淘汰模式）只有一个目的，那就是让竞争更激烈，或者说是为了歌颂胜利。从这一点看，可以说，不存在任何一个人类社会可以与 W 相提并论。在这里"为生存而战"①是法则；而且，比赛其实什么都不是，激励 W 运动员的东西，不是对运动的热爱，也不是对成绩的追逐，而是对胜利的欲望，不惜一切代价取得胜利的欲望。体育馆里的观众永远不会原谅一个失败的运动员，但他们也从来不会对胜利者吝惜自己的掌声。光荣属于胜利者！不幸属于失败者！一个村庄的居民如果是职业运动员，那胜利就是他唯一可能的出路、唯一的机会。

---

① 原文为英语：struggle for life。

无论是自己运动队内部的比赛，还是与其他村庄的比赛，尤其是体育大会的比赛：所有级别的比赛都必须赢。

如同W社会所有其他的道德价值，这种对胜利的颂扬在日常生活中有其具体的表达形式：举行隆重的典礼来表彰获胜的运动员。诚然，一直以来胜利者总会受到颂扬，他们会登上领奖台，场上会为他们演奏他们国家的国歌，他们会拿到奖牌、雕像、奖杯、证书、花环，他们所在的城市会授予他们荣誉市民的称号，他们的政府也会嘉奖他们。但这些仪式和荣誉与W给予那些为它创造胜利的人的荣誉相比根本不算什么。无论白天进行什么比赛，每天晚上，每个比赛项目的前三名，都会跟在火炬手、旗手、放鸽员以及军乐团的后面，被领到中央体育馆大厅里，在那里有为他们准备的隆重、闪耀、丰盛的招待会。在此之前，他们已经登上了领奖台，已经得到了观众们经久不息的掌声以及抛向他们的鲜花、彩纸、手帕，已经从官方书法家手上拿到了将使他们的战绩流传千古的饰有纹章的证书，已经光荣地让奥林匹克旗杆升起他们所在村庄的三角旗。在中央体育馆，前三名选手将脱去外衣，被要求选择一套体面的西装，或一套镶边的晚礼服，或一件缀着闪闪发光的肋形胸饰的丝织披风，或一套镶着花边、挂满勋章的制服，或一套燕尾服，或一件打褶裥、镶花边的紧身上衣。他们被带到官员面前，官员会祝贺他们并举杯为他们的健康祝福。他们不断地举杯、敬酒。为他们准备的宴席通常会持续到黎明，供给他们的是最精致的菜肴、最芳香的美酒、最鲜嫩的猪肉、最甘美的甜食、最醇厚的烈酒。

比起排名赛或地区锦标赛结束后为优胜者准备的晚会，体育大会的庆祝晚会显然规模更大、更热闹。这种差别虽然很明显，但是对于理解 W 通行的价值体系并不重要。相反，更加有意义的并不是失败者被排除在这些晚会之外——被排除在外是公正的——而是失败者完全地、简单地被剥夺了晚餐，这构成了 W 社会最独一无二的特征。其实，不言自明，如果优胜者和失败者都得到食物，优胜者唯一的特权就是得到更加优质的食物，即一份节日大餐而不是日常便饭。组织者并不糊涂，他们认为仅仅赋予运动员参加高水平比赛所必需的斗志是不够的。运动员要赢得比赛，首先他要渴望赢。也许，对于个人荣誉的担忧、想要成名的渴望以及民族自豪感会形成强有力的动机，但是，在关键时刻，要让运动员发挥自己的最佳状态，超越自我力量并在最后的搏击中竭尽所能夺取胜利，最重要的是一种最基本的生存机制，一种几乎是本能的防御反应：运动员在胜利之后想要得到的不再是成为最强者的荣誉——这是转瞬即逝的——而是这额外的一餐，它能保证一个更加强健的体魄，一种更加优良的食物平衡，以及一个更优美的体形。

由此我们可以发现，W的食物制度是怎样以一种微妙的方式嵌入整个社会体制，并且成为这个社会主要的等级标志之一的。不用说，不吃晚饭本身并不会对生命产生威胁。如果会，那W也许很久之前就已经不存在运动员了，也不会存在任何生命。简单的计算就可以得出以下这个结论：最好的情况下，参加排名赛的1320名运动员中只有264名可以获得享用晚餐的机会。在地区锦标赛及选拔赛后，只有132人可以享用晚餐，而在体育大会结束后，只有66人可以享用晚餐，即，准确来讲，1∶20的比例。所以，绝大部分的运动员本可能长期都处于吃不饱的状态。但事实并非如此：他们的饮食包含每日三餐，第一餐是在早上，很早，在越野训练赛之前；第二餐是在正午，各项训练结束后；第三餐则是在 16 点，传统上的中场休息时间，之后就是最终的淘汰赛。然而，经过精心计算后的每一餐配备不能完全满足运动员的营养与能量需求。每一餐饭几乎完全没有糖分，也没有维生素 B_1——它对于消化碳水化合物必不可少。因此，日积月累，运动员长期处于一种营养不良的状态，或早或迟，这会严重摧毁他们肌肉抗疲劳的能力。胜利者的晚餐有新鲜的水果、甘醇的美酒、晒干的香蕉、椰果、草莓酱、果酱、奖牌状的巧克力，因此，它可以真正补充运动员良好的身体所必需的糖类。

这种方式的弊端显而易见，就竞争身体素质而言，它有利于优胜的运动员，但是极大地损害了失败者，这很可能会拉大运动员之间的差距，以致形成一个封闭的循环系统：白天获胜的运动员当天晚上会得到额外的一份糖作为奖励，他们也就把握了一切机会在第二天的比赛中再次成为优胜者，久而久之，一些人变得越来越强大，另一些人则变得越来越弱小。这必将会使比赛丧失一切趣味，因为比赛开始前结果就一目了然。但组织者并没有采取任何特别的措施来消除这种弊端。他们没有禁止优胜者在得胜后的第二天进入体育馆——显然这一措施有悖于W生活的精神——他们又一次表现出远见以及对人心的深刻洞察，他们更乐意笑呵呵地相信他们称之为天性的东西。经验让他们变得理智。优胜者不会被排除在第二天的比赛之外。但，最常见的情况是，他们会通宵不睡，直到早上点名他们才会回到自己所在的地方。因为一直吃不到糖，他们纷纷拥向食物，狼吞虎咽，就像暴饮暴食者。他们沉醉于自己的胜利，毫无节制地回敬别人递来的一杯杯祝福酒，葡萄酒、利口酒混着喝，直到在桌子底下打滚。很容易理解，在这种情况下，为什么很少会有一个运动员能连续两次获得胜利。理智告诉优胜者要自我克制，要拒绝喝酒，至少要少喝酒，要有节制地吃一些精挑细选的食物。但对于这些被款待的优胜者，诱惑如此强烈，以至于必须是极其坚定的灵魂才能抵挡它。此外，那里没有谁会劝他们离开，无论是官员——相反，他们一直要求运动员喝光每一杯酒，还是体育总监——他们因为担心自己队员的身体，反而希望优胜者能迅速更替，这样可以通过这些晚餐尽可能规律地为最多的运动员保证必不可少的能量补给。

XIX

蒂雷纳中学,又叫作"钟楼",是一座玫瑰色的建筑,相当大,应该是新近建造的,离维拉尔有点远,但离"雾凇"别墅大约只有 500 米。1970 年 12 月我回去参观学校时很是吃惊,因为在我的记忆中,那儿一直是一处非常偏远的地方,从来不会有人到访,任何消息都不会传到那儿,就算有人从旁边路过也不会再次路过。

这所中学是一所教会学校,由两姐妹①(这个词应该既指家庭关系,也指宗教关系)负责,我后来再也没有见过她们,记忆中,她们穿着灰色的长袍,腰部挂着好多串钥匙。她们很严肃,甚少有温柔的表现。教学主任却正相反,非常和蔼可亲,我对他怀着一种

---

① 原文为 Sœurs(复数),既有"姐妹"之意,又有"修女"之意。

近乎崇拜的感情。大家喊他"大卫神父",这是一位方济各会或多明我会的修士,身着白袍,系着一根编织腰带,一端挂着一个念珠。不管天气怎样,他都赤脚穿凉鞋走路。我还记得他似乎是个秃头,留着红棕色的大胡子。据我姑姑说,这是一个改宗的犹太人,也许正是因为传教的热诚以及出于保护我的考虑,他要求我一定要接受洗礼。

我不记得那时我接受了怎样的宗教教育,我也完全忘记了他们向我灌输的教理,但我当时怀着一种极大的热忱与虔诚做这些事。不管怎样,我非常清晰地记得我的洗礼,那是 1943 年夏季的一天。那天清晨,我刚刚发愿要做朴素的人,也就是说,作为开始,我决定穿每天都穿的衣服参加洗礼仪式。我躲在学校后面菜园的一角,全身心沉浸在祷告中,忽然两位女校长和两个女清洁工出现在我面前。她们已经找了我一小时。她们一把抓住我,不顾我的反抗,脱去我的衣服,把我泡在一个装满冷水的桶里,粗鲁地用马赛香皂——或者是类似的东西——擦拭我的身体,最后还强迫我穿上一套漂亮的海军服。我唯一的安慰是穿着自己的鞋子。它们一点也不正式。

海军服是我教父的。他是一个年轻的比利时男孩，和他的姐姐一起逃难到了维拉尔，他姐姐成了我的教母。后来有人告诉我，他们的母亲是陪伴比利时王后的一位贵妇。可能是从他们那儿我收到了一份洗礼礼物——一幅四周镶金的圣子圣母浅浮雕画，整个下午，因为不用上课，我就坐在教室的最里面，虔诚地注视着这幅画，晚上我又把它挂在我的床头。

第二天早上我把衣服还了，但我的虔诚与信仰一直都堪称楷模，大卫神父任命我为我们宿舍的宗教队长，让我负责每天晚上提示大家祷告，监督一切顺利进行。某些清晨，我被允许先于别人起床并参加弥撒，那里只有一个唱诗的孩子，大卫神父在挂着耶稣受难图的小教堂里为自己以及两位女校长做弥撒，教堂的钟楼成了学校的名字。我最大的心愿应该就是成为那个唱诗的孩子，但这不可能：因为我必须首先初领圣体，然后是正式的圣体，最后还要进行坚信礼。我很了解这七项圣事，而坚信礼是所有这些圣事中最让我觉得神秘的仪式，也许是因为它只举行一次（这同领圣体或圣餐、忏悔或告解圣事不同，因为这些事几乎每日都可进行），它虽彻底无用（再次重复洗礼时已经陈述过的话有什么用），却总是伴随着一种仪式，届时一位真正的教会要人会出现，一位主教，一位官方人士，一个大人物，一个对我而言几乎属于历史范畴的人物，那时我还不知道有什么别的人能与之相比，那时我根本不在意将军——十八个月或两年后我将视他们为我的偶像——也不在意什么部长、体育冠军，在那些动乱的时代，这些人没什么表现的机会。

一位主教来过学校，为几个寄宿生举行坚信礼，他们是年龄最大的学生。他拍一下他们的脸——只是象征性的，一点都不像我所知道的耳刮子、耳光或者是巴掌。仪式露天举行，既神奇又虚幻。令我很失望的是，主教既没有戴主教皇冠，也没有拿权杖。他穿着一件黑色的长袍，只有紫色的圣带和圆帽表明他地位极高。我记得我当时非常想去碰碰他，但是我不知道自己是不是真的碰到了他。

我对连祷文只有模糊的印象，隐约记得，念完每个圣人的名字后大家一起不断重复这句话："请为我们祝福"。除了这个回忆之外，还有一个选角儿歌的文字游戏，一连串的数字之后通常会出现同音异形词："一个车站，两个车站，三个车站，四个车站，五个车站，雪茄（六个车站）①！"还有："喜鹊一，喜鹊二，喜鹊三，喜鹊四，喜鹊五，喜鹊六，洗瓶（喜鹊七）②！"

我还记得这段歌词："我是基督教徒，这是我的荣誉、我的希望、我的支柱。"当然，我不记得后面的内容了。我还记得另一段歌词："他出生了，圣子，请吹双簧管，请吹风笛……"③同样，我也不记得后面的内容了。

---

① "六个车站"（Six gares）与"雪茄"（cigare）的法文发音同音。
② "喜鹊七"（Pie sept）与"洗瓶"（Pisette）的法文发音同音。
③ 此处为两首歌曲的歌词，前者为《我是基督教徒》，后者为《他出生了，圣子》。

XX

从 W 建立开始,人们就决定,第一批冠军的名字要永远留在人们虔诚的记忆中,也要传给名次表上所有的后继者。第二次奥林匹克运动会后便形成了这样一种习俗:100 米比赛的冠军获得琼斯名号,200 米比赛的冠军获得马克米兰名号,400 米、800 米、马拉松、110 米栏、跳远、跳高项目的冠军分别获得古斯塔夫松、穆勒、斯霍拉特、凯科宁、奥普特曼和安德鲁斯名号[①]。

不久这种习俗就普及化了,大家根据同一原则授予斯巴达克运动会、选拔赛、地区锦标赛、排名赛中的优胜者以各种名号。至于第二名与第三名,一开

[①] 自这一章节起,文中提到的许多名号大部分是体育运动员的名字,尤其是奥运会冠军的名字,此外也有文学、电影、政治领域某些人物的名字。

始是在他们的名字前面加上表示荣誉的形容词，比如"银奖""铜奖"，以示鼓励，最后他们同样将以最早取得这一名次的人的名字作为名号。

很明显，这些名号，如奖牌一样耀眼，是胜利的象征，它们很快就变得比运动员自己的名字更重要。为什么要这样介绍一个优胜者呢——他叫马丁，他是奥林匹克运动会1500米比赛的冠军；或者，他叫刘易斯，他在W对战西-W的地区比赛三级跳远中名列第二？只需要这么介绍就够了——他是施赖伯，或者，他是凡·登·贝格。放弃自己的名字与W的逻辑是相符的。很快，运动员的身份就与他们的比赛表现联系在一起。从这一关键的理念出发——运动员等同于他取得的胜利——建立起一种微妙且严格的人名体制。

新人没有名字。大家就叫他们"新人"。很容易认出他们：他们外套的背部没有"W"字样，只有一个巨大的白布三角形，顶点缝在下面。

训练中的运动员没有名字，只有一些绰号。这些绰号一开始由运动员自己挑选，它们常常是一种影射，要么影射一种外貌特征（"瘦子""断鼻子""兔嘴""红头发""卷毛头"），要么影射道德品质（"滑头""急性子""呆瓜"),要么影射人种或地区特征("细鬈猫""南方小子""岛民")。后来,又胡乱增加了一些名字:"野牛之心""敏捷的美洲豹",等等。这即使不是从印度人名学得到的灵感,也是对童子军做法的一种模仿[1]。

管理委员会从未以赞许的眼光看待这些绰号的存在,虽然它们在运动员中间很是流行,但很可能会削弱"名字—称号"体制。委员会不仅从未正式认可这些名字(它认为,除了凭借胜利赢得的称号,一个运动员只能以他所在村子的名字的首字母加上某个顺序号作为名字),而且它一方面成功地将这些名字限制在村子内部使用,从而避免它们在体育场流行开来,另一方面成功地阻止了这些名字更新。这些绰号从此成为一种世袭的东西:离队的运动员会把他的正式名字(他在村子里的排列号码)以及他的外号留给接替他的新人。有时,一个大个子名叫"瘦小子",或者一个大胖子的外号是"侏儒",看到这一切大家会哈哈大笑。

---

[1] 童子军有一个惯例,常常把某种动物与某种品性或能力联系在一起,以此给人起绰号。

但从第三代开始,这些绰号就失去了它们所有让人联想的能力。从此它们只是一些毫无生气的符号,并不比正式的点名册更加人性化。从此往后,只有胜利带来的名字才算数。

运动员的排名方式以及比赛的组织方式导致名字的数量比运动员的数量少(这是显然的,因为名字就代表胜利),并形成了 W 姓名体制的一个重要特征:一个运动员可以拥有好几个名字。

排名赛产生 264 个名字,每个村庄 66 个,分别对应 22 项比赛的前三名。四场地区锦标赛会产生一个 66 的四倍数,也就是说 264 个;两场选拔赛会产生一个 66 的两倍数,即 132 个。奥林匹克运动会和斯巴达克运动会分别产生 66 名优胜者,又是 132 个名字。大西洋运动会的比赛很特别,产生的优胜者人数不确定(通常为 50～80),这些人有权获得同一个名字,即卡萨诺瓦。因此在整个 W 总共有 793 个名字。但是地区锦标赛、选拔赛、奥林匹克运动会和大西洋运动会是在排名赛的优胜者之间展开的。264 个获得名次的运动员已经因为在排名赛中赢得的胜利获得了一个名字,接着,他们要相互竞争剩下的 529 个名字中的 463

个，而没有获得名次的1056名运动员只能争夺斯巴达克运动会设立的66个名字。总而言之，正在接受训练的1320名运动员中，共有330人有权获得一个正式的身份，其中264人通过排名赛或其他比赛获得，66人通过斯巴达克运动会获得。斯巴达克运动会的66名冠军除了在这个比赛中获得的名字外不可以再拥有其他的名字，但其他人不同，他们可以累积最多六个名字。因此，北-W的一个400米田径运动员可能：

——名叫韦斯特曼，他在北-W的排名赛中名列第一；

——名叫普菲斯特，他在W对战北-W的地区比赛中名列第二；

——名叫卡明斯，他在北-W对战西北-W的地区比赛中名列第二；

——名叫格鲁内柳斯，他在北-W对战西-W的选拔赛中名列第一；

——荣获"古斯塔夫松"的荣誉称号，因为他在奥林匹克运动会上赢得了比赛（对于奥林匹克运动会的优胜者，要在名字前面加上定冠词，就像是称呼那些女歌唱家一样，也就是说，"勒古斯塔夫松""勒琼

斯""勒凯科宁"等等);

——名叫卡萨诺瓦,他可能是某次大西洋运动会的优胜者。

这就是写在名册表上的6个名字,它们将构成他的正式名号。此外,为了表示对一种永恒等级的尊重,当他必须在官员面前自我介绍时,他就会这样报出自己的名字:勒古斯塔夫松·德·格鲁内柳斯·德·普菲斯特·德·卡明斯·德·韦斯特曼-卡萨诺瓦。

显然,这些名字不管有多正式,存在的时间也各有长短。奥林匹克冠军的称号存在时间最长,因为每年只有一次奥林匹克运动会;卡萨诺瓦称号每个月都会更新,因为大西洋运动会每月举行一次;选拔赛、地区锦标赛、排名赛的优胜者获得的称号基本每个星期都会更换一次。

奥林匹克冠军称号存在时间最长,然而竞争最激烈,它代表着一个运动员事业的最高峰。很快就形成了这样一种习俗:只要运动员有一次获得这个名号,哪怕他后来再也没有创造出更好的成绩,也会为他保留这个称号。一个人如果做过委员会主席,哪怕只是做了一星期,大家也会一辈子都称他为"主席先生",

同样，一个人如果曾经取得过奥林匹克运动会110米栏的冠军，哪怕只有一次，大家也会一辈子都称他为"勒凯科宁"。然而，为了不使这个或这些——因为它们可以是好多个——勒凯科宁荣誉称号拥有者与参加训练的凯科南产生混淆，会对这些称号稍加修改，通常是重复第一个音节。因此，过去奥林匹克运动会110米栏、100米以及200米等比赛项目的优胜者会被喊作"勒凯凯科宁""勒琼琼斯""勒马克马克米兰""勒斯科斯霍拉特""勒安德安德鲁斯"。

这些补充的荣誉称号不仅仅是一些简单的表示敬意的标志。按照社会风俗，这些名字其实与各种各样的特权绑定。有名次的运动员（也就是说至少有一个称号）有权在中央体育馆自由行动，有两个称号的运动员（例如，阿姆斯泰勒-琼琼斯，西北-W100米比赛的第三名，且是前奥林匹克冠军）有权获得额外洗澡的机会，有三个称号的运动员（例如，莫罗-普菲斯特-卡萨诺瓦，W400米比赛第二名，W对战北-W比赛400米第二名，大西洋运动会冠军）有权获得一位私人教练的指导，大家称其为"奥贝史瑞特马谢"

（Oberschrittmacher[①]），意思是"总教练"，之所以是德语，也许是因为第一个在此职位任职的人是个德国人、有四个称号的运动员有权拥有一件新的外套，等等。

[①] 这个词的构词法和构词形式与纳粹冲锋队（Sturmabteilung）、党卫军（Schutzstaffel）军衔名字很相似。

XXI

有一次，学校来了德国人。那是一个早晨。远远地，我们看到有两个人——是两位军官——在一位女校长的陪同下穿过院子。我们像往常一样去上课，但没有再看到他们。中午的时候，消息传开了，据说他们只是看了下学校的名册，走的时候把厨师养的猪给带走了（我记得这头猪：它特别大，只吃泔水）。

还有一次，埃丝特姑姑来看我。有人给我们拍了一张照片。照片背面写着"1943"，不知道是谁写的。照片的背景部分，可以看到阿尔卑斯山，一片片森林，农田，一个小村庄以及一个很大的白色木屋，屋顶非常倾斜，其中一部分被截掉了（许多词典称这样的屋顶为"鹅蹼般的屋顶"），这是山区住房的特征。近景呈现了七个形象——四只不同的动物，三个人。从右至左（照片上），依次是：a）一只黑色的山羊，身上有几个白色的斑点，一部分被照片右边的直边截掉了；它长着很长的胡子；它应该是被拴在一个木桩上，似乎并不知道有人正在给它拍照；b）我的姑姑，她穿着一条灰色呢子长裤，卷边很小，打褶的地方很明显，还穿着一件浅色的短上衣（或是一件衬衫），是短袖，又或是袖子被卷了起来，肩上披着一件安哥拉羊毛做的外套，唯一的一颗扣子在最上面扣起。她似乎没有戴什么首饰。头发正中有一道头缝，头发束在后面。她的笑容有些悲伤；她的手里抱着c）一只黑脑袋的白色小羊羔，它看上去并不高兴，一直望着右边的山羊，那只羊可能是小羊的妈妈；d）我自己，我的左手扶着小羊的一条腿，右手拿着一顶白色的帽子，可能是稻草或布做的，应该是我姑姑的帽子，当时我好像是要向正在给我们拍照的那个人展示帽子里面的样子；我穿着暗色的呢绒短裤，牛仔风格的短袖格子衬衫（可能我还将有机会谈及这件衬衫），套着一件无袖粗线毛衣；短筒袜垂到脚上，肚子有些鼓鼓的，头发剪得很短，参差不齐的刘海贴在脑门上，耳朵很大，是招风耳；脑袋微微往前倾，表情有些固执，我从下往上盯着镜头。较左边，在我姑姑、小羊和我的后面有e）一只白母鸡，它被f）一个六十多岁的农妇挡住了一半，她穿着黑色的长裙，戴着一顶大草帽，帽子几乎遮住了她的整张脸，一只手插在腰间；在她旁边，是g）一匹深色的马，套着马具，戴着眼罩，一半的身体被照片左边的边线截掉了。照片的最底部，右边隐约可以看到一个用假皮革或者质量很差的皮革做成的包，包的拎带很长，可能是我姑姑的。

还有一次，我似乎记得是和很多其他孩子一起在割草，有人跑过来告诉我我姑姑来了。我朝一个穿着深色衣服的人影跑去，那个人刚刚从学校出来，正穿过田野向我们走来。我刚好在离她几米处的地方停了下来：我并不认识我面前的这位女士，她微笑着向我问好。原来是贝尔特阿姨，后来我去她家住了大约一年。可能是她告诉我那次探望的事，又或者那完全是子虚乌有，然而我却非常清晰地记得那件事，不是整个场景，而是当时感受到的一种不信任、敌意以及怀疑，哪怕是现在，依然很难解释这种感觉，就好像是揭开了一个基本的"真相"（从此以后，来到你身边的都是一些陌生女人,你不停地寻找她们,又不停地将她们推开;她们不属于你,你也不属于她们,因为你不知道怎样才能留住她们……),我觉得自己现在还在探寻这错综复杂的真相。

*

堆草垛主要就是一叉一叉把草堆起来,如果草垛不是特别高,就可以从上面滑下来或滚下来。有人给我们讲述了一个小女孩遭遇的事故:她从一个草垛上跳下来,正好落到一把隐藏在草丛中的长柄叉上,一根铁叉整个儿地穿过了她的大腿。

还有一次,我们去摘越橘。记忆中是一幅田园画,一群孩子蹲在一片山丘上。大家带着一种叫作"梳子"的工具,类似于一种木质小背篓,背篓的底部镶有花边,每次出来都能装一些被压坏的浆果,这些果子就像是黑色的糨糊,它们很快就把大家弄得一身脏。

整个冬天,甚至是冬天过后,大家都会滑雪。从那时开始至 50 年代中期——之后我不再参加任何

"冬季运动"——那么多年里，我一直都热衷于滑雪活动，不需要担心姿势或是训斥，只有一种无忧无虑的快乐，我从某个中级难度的滑雪道滑下来，有时甚至能在最危险的滑道上滑几下。我还记得，那时已经开始学习在被压实的雪覆盖的小型跳台上跳跃。

滑雪活动对我而言是一个深入学习的机会，它的重要性在蒂雷纳中学的两年间显现出来，从这项活动中获得的知识如今已经无用，但它的一切细节都让人记忆犹新。正因为如此，我知道最美的滑雪板是用核桃木制作的，这是一种加拿大的树木，我曾经一度以为这是世界上最珍贵的材料之一。（山核桃的珍稀正是它存在的一种证明，有些事物就那么消失不见了，大家还一直在想它们怎么会存在过，例如，橙子——第一个音节指珍贵的金属，第二个音节指天堂的子民，两个音节合起来指一种美味的水果[①]，之后我还会再说到它，或者是夹心巧克力，或者，还有包这些巧克力的银纸，可能是包糖纸或打褶的盒子……）所以，我

[①] 法语字谜游戏，orange（橙子），第一个音节为 or（金子），第二个音节为 ange（天使）。

也知道滑雪板理想的尺寸应该根据下面的方法来测量：站直，胳膊和手随身体自然下垂，滑雪板垂直放好，前端翘起的部分应该能触到掌心。要知道滑雪杖的理想长度，应该手握住滑雪杆站立，手臂弯曲，肘臂紧贴身体，滑雪杆的顶端应该触到地面。我可以再举无数的例子，无论是雪道压实状况（儿童滑道应该呈直线，滑板应该与坡轴垂直，能跳着再爬上坡顶），还是涂蜡（用途迥异的各种蜡，可以根据包装纸盒的颜色来确认：蓝色包装用于颗粒状雪珠条件下的滑雪，绿色包装用于标准条件下的滑雪，红色包装用于高速直线滑雪，白色包装用于长距离滑雪。不一而足。在上蜡之前要先把蜡加热；先在底层涂上一层半透明的石蜡；磨去过旧的蜡，不要弄脏滑雪板的中线，不要在滑雪板的固定边上涂蜡，而应该将这些固定边磨尖；等等），或是爬斜坡的方式（当"机械升降"还未普及的时候，有这些方式：与斜坡垂直的攀爬——用滑雪板夹紧雪，之字形攀爬，沿着斜坡中轴线攀爬，直滑——利用海豹皮，或V字形滑——身体往后靠在滑雪杖上，等等），或是配套装备（鞋子很重要，要给鞋子上油，实在不行，要用卷起来的报纸擦拭鞋子；踏脚裤、滑雪衫、无指手套、羊毛帽子或滑雪帽、滑雪眼镜；等等），最后尤其是固定装置：我的滑雪板在脚踝处固定，但很难扣紧（一般是依靠滑雪杖铁质的一端来控制方向），脚勉强能固定，但时不时会松开；我当时一直渴望的是喙状固定装置，它可以在鞋子的前端牢牢固定，而且金属绳与脚后跟的凹处恰好吻合，形成一个矛头状。这属于极端复杂的固定系统中最高级别的方式，基本只有职业选手才会采用（有一天我看见表姐艾拉采用了这种方式，简直惊呆了），只用一根非常长的线，按照一个似乎不变的方式，绕着鞋子绑无数次。解开这根线让我觉得像是一种重要的仪式（在我看来，这同之后布拉斯科·伊巴涅斯[①]的小说《流血的斗角场》中腰带的系法或是柏林剧团表演的话剧《伽利略》中红衣主教乌尔班八世马菲里奥·巴尔贝里尼衣着的变化一样重要，一样具有决定意义），这种系法能确保运动员的滑雪板与鞋子不脱离，可能会增加严重骨折的风险，但也可能增加出

[①] 布拉斯科·伊巴涅斯（Blasco Ibañez, 1867—1928），西班牙作家、新闻记者。

色表现的机会……

我们将滑雪板堆在一条水泥走廊里，走廊又长又窄，配有木架子（1970年我又见到了这条走廊，它没什么变化）。一天，我的一个滑雪板从我的手上滑了下去，擦到了一个男孩的脸，他正在我旁边放滑雪板，他怒不可遏，操起他的一根滑雪杖朝我脸上猛击，正好是尖端在前，把我的上嘴唇戳破了。我想他还打碎了我一两颗牙齿（还是乳牙，但这并未影响其他牙齿的生长）。那次受伤留下的疤痕到现在还是很明显。出于一些说不清道不明的缘由，这道疤痕对我而言似乎异常重要：它已经成了一种个人标志，一个区分性的符号（但我的身份证并没有把这当作一个"特殊标志"，只有我的军籍簿记录了它，我想这是因为当时我自己有意指了一下它）。我之所以蓄大胡子，倒不是因为这个疤痕。恰恰是为了不把它隐藏起来，我才没有留小胡子（这与我的一个旧时同窗恰恰相反——我快二十年没见他了，他觉得自己嘴唇上的标记太显眼——我觉得那不是一个疤痕，应该是一个肉赘——可以说，他很是烦恼，于是，早早地留起了一撮小胡子，以此来掩盖它）。也正是因为这个疤痕，在卢浮宫——更准确地说是在所谓的"七米"大厅里——所有的画作中，我最喜欢《一个男子的肖像画》，也就是安东内洛·达·美西纳的《佣兵队长》，这位画家成了我第一部小说的主角，这部小说我已基本写完。这部小说起初的名字是"未死的加斯帕"，之后又改为"佣兵队长"；在最后一个版本中，主人公成了加斯帕·温克勒，他是一个天才造假者，企图伪造一幅安东内洛·达·梅西纳的画，但没有成功，因为这次失败，他竟杀死了自己的同伙。佣兵队长和他的疤痕在《沉睡的人》中也具有重要的作用（例如，第105页：……一幅文艺复兴时期男子的肖像画，不可思议地栩栩如生，上嘴唇上方有一个极小的疤痕，就在左边，对他而言是左边，对我而言应是右边……），1973年我和贝尔纳·凯萨纳拍了同名电影，雅克·斯皮赛是唯一的男演员，他的上嘴唇有一个几乎和我的一模一样的疤痕：这只是一个巧合，但对我而言，这在冥冥之中有一种决定性的意义。

XXII

体育法是严酷的法律，而 W 的生活使这些法律更加残酷。在各个方面，优胜者获得的都是特权，相反，战败者遭受的则是欺凌、羞辱和戏弄，这种对立几乎达到了一种极致。欺辱行为有时会演变成虐待。这一习俗原则上是禁止的，但管理委员会对此闭眼不见，因为体育馆的观众喜欢这种习俗，它要求某一项比赛的最后一名必须反穿鞋子，以跑步的方式跑完一圈，这种行为乍看似乎并无妨害，但其实非常痛苦，它造成的后果（脚趾青肿，水疱，脚背、脚踝、脚掌溃疡）实际上会妨碍这位运动员在接下来几天里的比赛中获得好名次。

优胜者受到的奖励越多，战败者受到的惩罚也越多，一些人的幸福意味着另一些人的不幸。在常规比赛中——排名赛、地区锦标赛——奖励并不是很多，惩罚几乎也没什么伤害：团队内部比赛中的失败者，受到的惩罚最多就是无关紧要的几声嘲笑、一些嘘声、一些戏弄。但随着比赛越来越重要,输赢也变得越来越重要,对于任何人都是如此:奥林匹克运动会优胜者获得的成功,尤其是最重要的赛跑——100米赛跑——的优胜者获得的成功,很可能导致最后一名的死亡。这是一种不可预见且又不可避免的结果。如果众神保佑他,如果体育馆里没有任何人朝他伸出大拇指朝下的拳头,他也许就会逃过一劫,只受到与其他失败者同样的惩罚:像他们一样,他必须脱光衣服,在两队手拿荆条和皮鞭的比赛监督之间跑步;像他们一样,他会被绑到示众柱子上,然后在脖子上戴一个沉重的木项圈在村子里游街。但只要有一个观众站起来,指向他,高呼要像惩罚懦弱无能的人那样惩罚他,那他就会被处死;所有人都朝他扔石头,他那血肉模糊的身体将在村子里陈列三天,挂在柱廊之间晃来晃去的肉钩上,上方是五个相扣的圆环以及W令人骄傲的格言——Fortius、Altius、Citus①,之后尸体就会被扔

---

① 此为拉丁文,意为"更强、更高、更快。"与奥林匹克格言(Citus、Altius、Fortius)顺序不同,应是作者刻意为之。

给狗吃掉。

这样的死亡很少发生。因为如果经常发生就产生不了什么效果。它们是奥林匹克运动会100米比赛的独特传统,其他任何项目和比赛都不会出现。诚然,也许会发生这样的情况:体育馆的观众在某一个运动员身上倾注了所有希望,但他平庸的表现让他们极为失望,于是他们开始攻击他,通常是朝他扔石头或各种各样的抛射物,如煤渣碎片、钢片、杯子碎片,其中有些特别危险。但是,大多数时候,组织者反对这样的暴力行为,会加以干预,以保护受到威胁的运动员的生命。

然而,优胜者与失败者待遇的不平等不是且远远不是W生活制度不公正的唯一表现。造就W独特性的东西,使这些比赛具有任何其他比赛所不具有的刺激性的东西,确切来说,就是评判结果的公正,相关的比赛监督、裁判员、计时员,各自责任大小不同,都是无情的执行者,这一公正恰恰建立在一种有组织的、基本的、重要的不公正的基础上,从一开始,他们就会区别对待赛跑或其他比赛的参赛者,而这种区分常常具有决定性作用。

这种体制上的区分是一种有意识且严格的政治表现。如果大家观看一场比赛留下的主要印象是彻底的不公正,这是因为官员不反对不公正。相反,他们认为不公正是比赛最有效的催化剂,他们认为,一个运动员因为决定的任意,裁判的不公正,权力的滥用、侵犯以及检查裁判员每时每刻表现出的近乎夸张的偏袒而心生怨恨继而奋起反抗的话,那他会比一个认定自己会失败的运动员多百倍的战斗力。

显然,必须确保哪怕是最优秀的运动员也不会百分之百赢、最糟糕的运动员也不会必然输。这两类人面临着同样的风险,他们怀着同样狂热的希望等待胜利,怀着同样无以名状的惧怕等待失败。

这一大胆的政策的实施最终导致一系列区别对待的措施,大致有以下两种基本类别:第一类可以说是正式的措施,会在比赛开始前宣布,主要指"让步",即将一些有利的或者不利的规则强加给运动员、团队,有时甚至是一整个村子。比如,W 对西北 -W 的一场比赛(一场选拔赛),参加 400 米比赛的 W 队(奥加特特、莫罗和珀金斯)可能需要跑 420 米,而西北 -W

队（弗雷德里希、鲁塞尔、德苏扎）只需要跑380米。又如，在斯巴达克运动会上，西-W的所有参赛者都要被减去5分。又或者，北-W第三名举重运动员（尚泽）有权得到一次额外的试举。

　　第二类措施是不可预见的，全凭组织者尤其是赛事总监的一时兴起。观众也可以在有限的范围内参与其中。总体设想是，将一些滋扰因素引入赛跑或其他比赛中，有时这些因素会削弱一开始"让步"的效果，有时则会增强这种效果。正是出于这种考虑，障碍赛跑的栏杆位置有时会在某个运动员比赛时稍稍改变，这就使他无法一下子越过栏杆，不得不停一下，这对于他成绩的影响可谓是灾难性的。或者，在比赛正进行到高潮时，某个心不在焉的裁判可能会突然喊"STOP"，参赛者就必须停下来，在飞奔的过程中一下子静止，并保持一种通常让人无法忍受的姿势，而谁坚持的时间最长谁就可能被宣布为冠军。

XXIII

　　1944年春天或者是夏天，一个周四的下午，我们去森林里散步，把我们的糕点——确切而言，也许是有人对我们说这是我们的糕点——装在布包里。我们到了一片林中空地，在那儿等待一群游击队员，然后把包给了他们。我记得，当我得知这次见面完全不是偶然事件，这次周四的日常散步是为了给抵抗人员送吃的，我非常骄傲。我想他们有12个人，而我们这群孩子应该足足有30个。对我而言，很显然，他们是大人，但现在想来他们大概也就20岁。大部分人留着络腮胡。只有几个人带了武器，其中一个人竟然带着榴弹，就系在他的背带上，这个细节让我非常震惊。现在我知道那些是防御性榴弹，而不是攻击性榴弹。防御性榴弹指撤退时为了保护自己投掷的榴弹，刻有格状花纹的钢质外壳爆炸时会变成数块杀伤力极强的碎片。攻击型榴弹是指冲锋时投掷到自己前方的榴弹，它更多是为了威慑以及制造噪声，而不是攻击他人。我不记得这样的散步是不是只发生过一次，还是发生过好多次。很久之后我才了解到，中学女校长"曾参加抵抗运动"。

关于另一次散步的回忆要清晰得多，那是圣诞节前夕的一个下午，肯定是在1943年。人要少得多，大概只有六个人，我似乎是唯一的孩子（回来的时候我很累，体操老师就把我放在他的肩膀上）。我们去森林寻找圣诞树。正是这次机会使我明白，松树与枞树完全是两种不同的树木，我一直叫作枞树的东西实际上是松树，而真正的圣诞树是枞树，但是在维拉尔－德－朗斯甚至整个多菲内地区都没有枞树。枞树比松树要高得多、直得多且黑得多，只有在孚日山脉中才能看到这种树。因此，我们砍下的是一棵松树，更准确地说是一棵松树的树冠部分，因为它低处的叶子已经掉光了。我想，我们这群人中，除了体操老师外，还有厨师和学校的看门人，后者是个多面手，很可能就是他砍下了树：他在登山鞋上钉入巨大的弓形铁钩，手腕上系上一根皮带,贴着树木爬到树顶(很久以后,我十二三岁时,又见到了一模一样的场景,但这次是一个电话线路工爬到信号塔的顶端)。

圣诞节前一天下午,我们把树放在学校铺着方形地砖的大厅里,把树装扮一番,用泡沫和一种褐色的纸(这种纸看起来像碎石路面,我们也用它来布置耶稣诞生马槽的底部)把支撑树的木头架子隐藏起来。我还记得这些宝贝东西:星星、花冠、蜡烛、小球(其他时候,它们在学校的阁楼里沉睡),但那时候的小球不像今天薄薄的玻璃球——上面涂着一层亮闪闪的银色锡汞——而是用撕碎的纸片揉成的小球,涂的颜色较为暗。

晚上,大约是午夜弥撒过后,反正在我的印象中应该是非常晚的时候,有人捉弄了体操老师,老师和我们所有人一样,把他的一双鞋子挂在了树上(一双极大的滑雪鞋,肯定是用来装一件奇妙的礼物),有人在其中的一只鞋子里放了一个巨大的盒子,是用一层层包装纸裹成的,但里面实际上只有一个礼物:一根胡萝卜。

我睡觉去了。宿舍里只有我一个人。午夜时分，我醒了。我想当时困扰我的问题和圣诞老人没什么直接关系，我只是迫切想知道自己是否收到了礼物。

我从床上爬起来，轻轻地打开门，光着脚，沿着通向楼台的走廊向前走，楼台的四周向外突出至大厅上方。我倚靠在栏杆上（当时它几乎和我一般高：1970年我回去探访母校，摆了同一个姿势，但我发现栏杆只有我一半高，我真的很吃惊……）。我感觉这整个场景固定、凝结在了我的脑海里：停滞的形象，永恒不变，我记得身体的感觉，甚至是双手抓栏杆的感觉，甚至是额头靠在栏杆扶手上冰冷的金属的感觉。我朝楼下望了望：光线很暗，但一会儿后，我终于看到了装饰一新的大树，以及周围堆着的鞋子，我的一只鞋子里冒出一个长方形的大盒子。

这是姑姑埃丝特寄给我的一份礼物：两件牛仔风格的格子衬衫。它们穿在身上很扎人。我不喜欢它们。

XXIV

一个已经开始熟悉 W 的生活的人——比如一位新人运动员,他来自"年轻人之家",快满14岁时,他进入四个村庄中的一个——很快就会明白,从今天开始他所处世界的特征之一,或许是最重要的特征,就是:在这里,制度的严格与对制度的破坏同时存在。对于新人而言,这一发现将构成他实现自我保护的决定性因素之一,而且在各个级别的比赛中,在任何时候,这一现象将会不断得到证实。法律无法动摇,但法律也不可预见。没有人不知道法律,但没有人真正了解它。在被这些法律约束的人与颁布这些法律的人之间矗立着一道无法逾越的栅栏。运动员必须清楚,一切都不确定,他必须准备好面对任何情况,不管是最好的还是最坏的;与他相关的决定,无论是微不足道的还是至关重要的,都是由他之外的人做的;他完全不能左右这些决定。他可以这么认为，作为运动员，他的职责就是赢，因为大家褒奖的是胜利，惩罚的是失败，但也有可能他虽然最后一个到达却被认为是优胜者：那一天，那一次赛跑，某个人在某个地方已经决定好了输的人反而会赢。

然而，倘若运动员完全觉得与自己相关的决定都是偶然的，那他就大错特错了。在大部分赛跑与其他比赛中，事实上还是第一名、最优秀的人会赢，事实一直证明：最好还是获得优胜。例外情况只是为了提醒运动员：胜利是一种恩赐而不是一种权利；对结果确信无疑不是一种体育美德，要成功，仅仅优秀还不够，不然就太简单了。必须清楚偶然也是规则之一。*Am Stram Gram* 或是 *Pimpanicaille*①，或任何其他儿歌，有时就会决定一场比赛的结果。有好运气比有能力更重要。

"给每个人创造机会"，这种考量在一个大部分活动都建立在淘汰制（排名赛）基础上的世界里显然是

---

① 做游戏时用来选人担当某个角色的两首儿歌，并无特别的含义，类似于我国儿歌《点兵点将》。

荒诞的。几乎在所有情况下，淘汰制都使4/5的运动员无法参加主要比赛。很显然，W体育生活最具代表性的两项制度——斯巴达克运动会和挑战赛——也是出于这种考虑。

众所周知，斯巴达克运动会面向的是没有"名号"的运动员，即在自己的村子没有得到名次因此不能参加地区锦标赛、选拔赛、奥林匹克运动会或者大西洋运动会的人。每年四次比赛，每季度一次比赛。虽然是各个队伍中最糟糕的选手相互对抗，用观众的话来说，就是那些"小瘪三""猪猡人"或者"阿人"①，但是这些比赛竞争非常激烈，竞技水平非常高。因为，对于这些运动员而言，这些比赛是唯一能够获得名号以及获得有名号的运动员独享的特权（洗澡、自由出入体育馆的权限、优良的装备等）的机会。此外，斯巴达克运动会的参赛运动员有1056名，而奥林匹克运动会只有264名，参赛者人数多通常能保证一种独特的战斗力，从预选赛到最终决赛，这种战斗力赋予赛

---

① 这三个名词原文分别为 la piétaille, l'Ecurie, les crouilles, 是二战集中营中纳粹军人对被关押者的歧视语。

跑以及其他比赛一种非同寻常的活力，而且为整场比赛制造了一种相当紧张的气氛；奖励常常与这种激烈的气氛相得益彰，这些无名战士如果获胜，将得到热情洋溢的祝贺，奥林匹克运动会的优胜者都未必能了解。在赢得比赛后的整整三个月，斯巴达克运动会的优胜者可以尽情享用他们的名号以及这些名号带来的特权，尤其是，他们有权在排名赛中获得对自己有利的"让步"。这基本成了一种规律，即，一位斯巴达克运动会的优胜者（例如，200米比赛中的纽曼、泰罗、罗莫）在之后的排名赛中也会获胜，而且，从此以后，他完全可以参加所有其他比赛。

获得名次的运动员肯定非常瞧不起斯巴达克运动会以及它的优胜者。于是，官员们很快就有了一个主意，他们要利用这种蔑视，使之成为一种独特比赛的助推器，如此形成了挑战赛制度。挑战的原则很简单：斯巴达克运动会的一名运动员赢得比赛后，紧接着会有一名有名次的，因此没有参加斯巴达克运动会的运动员走向这名优胜者，挑战他，开始新的比赛。用体育行话说，他要把这名优胜者"逼到死角"，或是"碾压"他。斯巴达克运动员没有权利拒绝比赛，他最多可以期待凭借"让步"战胜对手,这种让步有时很大,比赛监督并不加以限制,让赛事总监根据"挑战者"的水平而不是优胜者的疲劳状况决定。原则上,挑战者越出名(拥有的名号越多),他所做出的让步就越大。因此,如果是勒琼斯·德·汉弗莱·德·阿林顿·冯·克拉默-卡萨诺瓦(从这些名号可以判断,这是西北-W100米比赛第二名获得者、奥林匹克比赛冠军,等等)挑战小斯莫莱特(斯巴达克运动会100米比赛的冠军),那小斯莫莱特可以先跑30米,在这样一场短距离比赛中,这种让步无疑将是一个决定性的优势。倘若勒琼斯仍然赢得了比赛,他将立刻获得对方的荣誉,不仅能夺取他的名号(小斯莫莱特),还能夺取该比赛项目第二名(安东尼)与第三名(冈瑟)的名号,总的来说,这一切能带给他无数的好处。相反,如果他输了,那他将失去最荣誉的名号,即琼斯,奥林匹克冠军称号,而他冒冒失失挑战的小斯莫莱特(已经变成勒琼斯·德·小斯莫莱特)从此将获得这个名号以及与之相关的特权。

挑战赛制度显然是一把"双刃剑"。因为,斯巴达克运动员不能拒绝比赛,同样,只要观众或一名官员提出要求，任何一个有名次的运动员都不能拒绝提出挑战。官员在决定挑战者应向接受挑战的人做多少让步时，心情是决定比赛结果的唯一因素：或许它会剥夺斯巴达克运动员所期待的唯一胜利，或许它会在很短的时间内使一个因为多次得胜而变得放肆的运动员跌下神坛。倒不是说官员反对放肆，相反，他们常常鼓励运动员这样做，并以此为乐。他们希望他们的冠军是体育场上的神，但他们也很乐意提醒所有人：体育是一所让人学会谦逊的学校。所以，忽然之间，他们就会把先前不久以为自己已经永远逃离地狱的人丢回地狱。

XXV

　　就像那个圣诞夜，好多次我都是孤零零一个人在学校，我是学校唯一的孩子。学校的各个角落我都走了个遍。一次，在一个夏日的午后，我打开了一扇通往阁楼的门：那是一条位于顶楼的长长走廊，光线从窄窄的天窗里透进来，里面堆满了盒子、行李箱。其中一个箱子好像就在我曾提到的圣诞树装饰物的旁边，我在里面找到了一些胶卷，是一些电影，也许是教育片或者教理课影片，我把它们打开，对着明亮处看。大部分对我而言毫无趣味，我又尽可能细致地把它们放回原处。其中有一卷呈现了沙漠景观，有棕榈树、绿洲、骆驼，这一卷，我保留了其中一大段，百看不厌。

　　开学后，我编造出一个相当奇怪的计划：我向所有的同学宣布，明年，我就要去巴勒斯坦了，我还给他们展示了那部分胶卷,就好像这是我没有撒谎的证据;这种行为的动机并不单纯,这是为了让同学们把4点吃的点心给我:编造了要去巴勒斯坦的事后,我向这个或那个同学承诺,我会给他寄1公斤或10公斤或100公斤或一箱子的橙子。我们当时对这种神奇水果的认识只限于书本。如果谁把一半的点心给我,那下一年他就能得到一车的橙子,作为这次交易的保证,我会当即送给他一小段电影胶卷。只有一个孩子被我说服了,他分给我一半的点心,接着他立刻跑到校长那里揭发我。我弄虚作假,撒了谎,受到了狠狠的惩罚,但我不记得到底是什么惩罚。

这段模糊的回忆揭示了一些我一直都无法解释清楚的含混问题。那段时间,应该正在放长假,而且又是圣诞夜,我怎么可能是学校唯一的孩子?那儿实际上有很多孩子,不是它一开始打算收留的生病的孩子,而是一些逃难的孩子。放假时他们去了哪里?又是谁在4点时发给他们点心?莫名其妙的是,我是唯一一个没有分到点心的人。尤其是,我如何知道自己将要去巴勒斯坦?这是姑姑埃丝特以及祖母设想过的一个真实计划，她们可能认为我的母亲永远都不会回来了。祖母坚持"孩子"（正如我之后得知的那样，埃丝特和她当时一直这么喊我）应该同她一起去巴勒斯坦，去她在海法的儿子莱昂家。但是莱昂和他的妻子（她也叫埃丝特）已经有三个孩子，他们十分犹豫要不要再收养第四个孩子，最后祖母罗丝一个人出发了，就在二战结束后，1946 年。

1943 年至 1944 年，祖母在维拉尔有一个住处，不久之后，她就去朗斯的一个儿童旅馆生活，并把我也带了过去。在整个蒂雷纳中学期间，我不记得自己见过她，哪怕是一次（这不是说她没有来过，而是说我记不清了）。最合理的解释应该是，我把这整个事件提前了一年或半年，它或许发生在朗斯。但是，这回忆中的装饰物、细节、这个阁楼、发生那场倒霉的交易的院子、这一因女校长突然出现而具体化的灾难，在我看来，这一切完全是中学阶段发生的事，与朗斯小小的膳宿旅馆完全不相符。那个旅馆是我另一段回忆发生的地方，程度虽不更严重，但一样强烈、一样悲惨，又完全不同。

XXVI

在 W，孕育孩子是一个举办重大节日的机会，这一节日被称作"大西洋节"。

W 的女人都被关在内室，受到严密的看管，倒不是担心她们逃走——她们极其顺从，且对外面的世界有一种恐惧感——而是为了保护她们免受男人的伤害。因为，无数的运动员，通常是被 W 残酷的体育法排除在大西洋运动会之外的那些人，几乎每天都试图强行潜入女人的聚居地，抵达她们的宿舍，尽管这种行为会受到法律严厉的惩罚。于是，支配 W 社会的独特理念中设置了一项特别的措施。对运动员惩罚的轻重实际上和他被捕时与女人的距离直接相关。如果他在内室周围的电网附近被抓，他很可能会被当即枪决；如果他成功越过了巡逻区，他可侥幸逃命，只用被关上几个星期的禁闭；如果他成功穿过了内围墙，他只会受到一顿棒打;如果他有幸到达了宿舍——这种情况从未发生过,但从理论上来说也不是不可能——他将在中央体育馆受到公开的表彰,并且能获得"卡萨诺瓦"荣誉称号,这就使得他能正式参加下一届的大西洋节。

女人的人数极其有限。很少会超过500人。因为,习俗是要让所有的男孩都存活下来(除非他们出生时身体有畸形,以致无法参加比赛,因为在五项全能赛和十项全能赛中,一个小小的身体缺陷,都会被视作获胜的王牌,而不是一种不利条件),但五个女孩中只有一个能存活下来。

十三四岁之前,女孩与男孩一起生活在"年轻人之家"。之后男孩被送往各个村庄,在那里他们成为新人选手,不久成为运动员,而女孩们去内室。除非要分娩,或者要在好几个月里照顾年龄较小的孩子,白天女孩们都埋头于公共事务:织运动衫、外套、旗帜,做鞋,缝制礼服,准备饭菜,完成各种家务活。她们从来不会出内室半步,除了大西洋运动会的时候。

大西洋运动会基本上每个月举行一次。被认为有生育能力的女人被带到中央体育馆,她们被脱光衣服,被赶到跑道上,然后开始以自己能达到的最快速度奔跑。她们先跑半圈,然后W最优秀的运动员——每个村庄每项比赛的冠亚军——就去追赶她们,因为有22项比赛、4个村庄,所以一共有176个男人。通常运动员只需跑上一圈就能追上那些女人。一般而言,或在颁奖台对面,或在煤渣跑道上,或在草坪上,那些女人就被他们强暴了。

这种特别的仪式使大西洋运动会与W任何一项其他比赛区分开来,大家认为,它导致了好几个重要后果。首先,它完全剥夺了无名次的人(哪怕他们在最后的斯巴达克运动会上取得了胜利)以及排名赛中第三名获得者(例如,W村400米比赛的珀金斯,北-W村铅球比赛的尚泽,西北-W村100米比赛的阿姆斯泰勒,等等)可以得到女人的任何机会,只要他们一直没有名次或一直是第三名(就这一点而言,哪怕这个第三名是地区锦标赛、选拔赛甚至是奥林匹克运动会的冠军或亚军)。其次,因为女人的人数总是少于176(事实上很少会多于50人)的,所以,大部分被允许参加大西洋运动会的人,通常其中的2/3,有时更多，将一无所获。鉴于比赛本身的特殊性以及女人半圈的优先，最后可以肯定，中长跑运动员，或许还有 400 米比赛运动员最有优势。100 米和 200 米的短跑运动员在赶上目标前通常已经气喘吁吁，长跑运动员或马拉松运动员无法在不到运动场一圈的距离内——也就是说 550 米——发挥力量。至于非赛跑运动员，如果说跳跃运动员有时还有微弱的机会，投掷运动员与格斗运动员实际上事先已被淘汰。

为了缩小这些差别，实现相对的公平，大西洋运动会管理委员会逐渐放松了比赛规则，认可了一些在正常比赛中肯定不可接受的方法。于是，一开始接受了"绊脚"这一行为，接着，以更加普遍的方式接受了所有让竞争者失去平衡的行为：用肩膀推，用肘臂撞，用膝盖撞，用一只手或两只手推，用内腘窝猛烈撞击致使别人的腿反射性弯曲，等等。有一段时间，大家试图禁止被认为太暴力的伤害行为，如勒脖子、撕咬、打下巴、兔子式攻击（用前臂攻击颈部以下第三节脊椎骨的地方）、用头撞击腹腔神经丛（或者叫"头击"）、挖眼球、各种攻击性器官的行为等。但这些攻击变得越来越稀松平常，要阻止它们也显得越来越困难，最后委员会不得不承认它们属于规则的一部分。然而，为了防止参赛者在运动衫下隐藏武器（不是指枪，运动员被禁止用枪，而是指拳击运动员使用的包铅皮带、投掷运动员的标枪矛头、铅球运动员的铅球，还有各种各样他们有可能得到的其他有杀伤力的工具，如剪刀、叉子、刀），规定参赛者必须和他们追赶的女人一样脱光衣服。不然的话，比赛可能会失去控制，沦为一场结果难料的屠杀。不管怎么样，有资格参加大西洋运动会的人都是村子里最优秀的人员，也就是岛上最优秀的运动员。唯一被容许的是，鞋子的鞋头可以磨得极其尖锐、锋利。这一规定之所以合理，是因为毕竟这是赛跑比赛，尽管起跑也因此变得极其混乱。

XXVII

我记不清楚是什么时候，在什么情况下离开了蒂雷纳中学。我想应该是在德国人南下占领维拉尔之后，在他们大举进攻韦科尔之前。

不管怎么样，夏日的一天我上路了，和祖母一起。她提着一个大箱子，我提着一个小的。天很热。时不时我们就会停下来，祖母坐在她的箱子上，我坐在地上或公里标上。我们走了好久好久。我当时应该8岁，祖母至少65岁，整整一个下午我们走了七公里，从维拉尔－德－朗斯到了朗桑韦科尔。

我们安顿下来的儿童旅馆比蒂雷纳中学要小得多。我不记得它的名字，也不记得它的样子，当我又回到朗斯时，我试图找到这个旅馆，但未果，要么在任何地方都没有熟悉的感觉，要么正相反，我随便找一个木屋，试图从它建筑的细节、从某个平底雪橇的存在、从某个挡雨板或某个栅栏中搜寻回忆的素材。

很久以后我才得知，祖母曾在这个包吃住的旅馆做过厨师。因为她其实不讲法语，而且她的外国口音可能会使她被人注意到而陷入危险，所以她被当成哑巴比较合适。

关于那个旅馆我只有一段回忆。一天，有人发现一个小女孩被关在了一个房间里，那儿是放扫帚的地方。她被关在里面好几个小时。所有人都认定我是肇事者，要求我供认：哪怕我做这件事时不是出于恶意，哪怕我并不知道这么做不对，尤其是，哪怕我不是故意这么做的，哪怕当时我只是因为一时疏忽用钥匙把门锁上了，但其实并不知道把一个小女孩关在了里面，我也必须承认这件事。实际上，整个下午我都待在游戏房里（似乎是一间不大的屋子，地上铺着亚麻油毡，三扇窗户构成了一个阳台），于是我成了唯一一个可能把小女孩锁起来的人。但我很清楚自己没有做过，也就谈不上什么故意不故意，我拒绝承认。我记得我被众人冷落了，好几天都没人和我说一句话。

不久之后——但这另一件事并不是另一段回忆，不知道为什么它和前面那段回忆相关——依然是在同一间游戏房里，一只蜜蜂停在我左边的大腿上。我突然站了起来，它蜇了我。我的大腿肿得很厉害（因为这件事，我弄清楚了黄蜂和蜜蜂之间的区别，黄蜂根本不会伤人，但蜜蜂的刺有时候是致命的；雄蜂不会蜇人；大胡蜂比蜜蜂还可怕，幸好胡蜂数量不多）。我所有同学都认为，尤其我自己也认为，这根刺是我关小女孩的证据：这是上帝在惩罚我。

XXVIII

W任何一项体育活动,哪怕是奥林匹克运动会庄严的开幕式,都无法与大西洋运动会那般壮观景象相比。

这种独特的吸引力在很大程度上也许是因为,与所有其他紧张且纪律严格的比赛不同,大西洋运动会的气氛非常自由。它不需要司线员、计时员或者裁判。在常规赛中,无论是淘汰赛还是决赛,12名参赛者被带到起跑线上装在带铁栅栏的笼子里(有点像装赛马的笼子),发令员的手枪一响,笼子就会全部打开(除非某个比赛监督心血来潮,决定延迟一个、两个或者所有笼子的打开时间,这通常会导致一些戏剧化事件)。在大西洋运动会上,这176名参赛者都被关在出发区域;一面带电的铁丝网竖立在跑道上,宽好几米,将他们与女人们隔开。当女人们跑完指定的距离,发令员就切断电流,男人们就可以冲出去追赶自己的猎物。但从这个词的严格意义上说，这算不上是真正的开始。事实上，比赛，也就是决斗，已经开始很久了。大约有1/3的参赛者已经被淘汰，一些人是因为被人打晕了，躺在地上一动不动，另一些人因为受到攻击，尤其是钉鞋带给双脚和双腿的伤害，让他们无法完成比赛，尽管路程其实很短。

确切说来，大西洋运动会不存在能够确保胜利的独特战术。每一个参赛者都应尽量根据个人的能力来估量自己的机会，他必须确定自己的行动方针。一个极其优秀的中长跑运动员清楚自己要在300米或400米之后才能发挥最大的力量，他肯定会注意在起跑线上尽量往后站：他身后的对手越少，他就越可能在起跑前避免受到攻击。相反，一个拳击运动员或者是一个铅球运动员，他们很明白自己在赛跑过程中没有任何机会，所以会尽量迅速处理掉一些竞争对手。因此，有些人试图尽可能久地保护自己，有些人正相反，会马上发动攻击。而介于这两个基本已经确定的群体之间的大部分参赛者，从来都不知道哪种方法最合适，尽管对他们而言，最理想的方式显然是，让他们最危险的敌人——最厉害的赛跑运动员——遭受拳击运动员的盲目伤害。

这一基本现象因为可能产生的联合而变得分外复杂。这里的"联合"概念在其他比赛中没有任何意义：那些比赛中的胜利独一无二，属于个人。只有在因为担心报复的情况下——如果可以的话，一个起跑失误的运动员才会帮助他的同伴获得最好的位置。但是在大西洋运动会上，优胜者与要征服的女人一样多，既然所有的胜利都无差别可言（如果一个运动员渴望某个特定的女人，那这只可能是一种不切实际的空想），那么一组运动员完全可能团结起来对抗其他人，最后他们还可以分享女人：这是大西洋运动会的特征之一。这些战略上的联合大约可以分成两类，或基于籍贯（根据他们所在的村庄）或基于比赛项目。尽管这两种分类都可能存在，但很少会同时存在，一般会交替出现，有时交替的速度快得吓人，比如，西北-W村的链球运动员（应该是扎沙里耶或安德雷亨）一开始可能与其他村子的链球运动员（北-W村的奥拉夫松或W村的马格努斯）相互对抗，之后忽然又和他联手对抗自己同村的运动员（弗雷德里奇、冯·克拉默、扎努西或桑德斯等），这是一种让人讶异的奇观。

然而，这些在真正的比赛开始之前发生在出发区域的最初争斗其实是一场战争——"战争"这个词用在这里并不夸张——的最终结果、最终表现、最终高潮，发生在跑道外面的战争比这一切更激烈，常常会夺人性命。这种战争的理由很简单：因为一场大西洋运动会比赛的参赛者（每种排名赛的前两名）早在几天前，有时甚至是三个星期前，就被指定了，所以从那一刻开始，对于未来的竞争者而言，每一天，每一小时，每一分钟，都是摆脱对手、提高自己成功可能性的机会。也许这种持续的争斗本身就是W生活的伟大法律之一，比赛只不过是争斗的终点，但在大西洋运动会上，这种争斗找到了自己最有利的发挥空间，因为胜利之后马上就能获得奖励，即女人。

在体育馆的后台，在更衣间，在浴室，在食堂，陷阱——铺设，不正当交易——达成，同盟——缔结又解散。最有经验的人试图兜售自己的建议："收买一个竞争者，他假装袭击您，您就装死，直到发令员发出指令的那一刻。"无名次的人，瘪三，这些人15个、20个联合在一起，被一种荒诞的希望吸引着，为了获得一些微小的好处，如半根烟、几块糖、一条巧克力、一点点从宴会上带回来的黄油，他们就会攻击邻村的冠军选手，置其于死地。夜里宿舍会爆发有组织的争斗。一些运动员被溺死在洗脸池或厕所里。

管理委员会并不是不了解这些无止境的交易。它派人到处张贴布告禁止这些行为；它提醒大家体育道德不允许交易，胜利不能被收买。但它从来没有采取过严厉的措施来终止这些活动。它似乎默许了这些行为。在它看来，这一切都证明运动员一直处于戒备状态中，并且W的法律一直都在发挥作用，不只在跑道上，而且在任何地方，在任何时候。

其他比赛都在完全的静默中进行。赛事总监挥动手臂示意时众人才鼓掌和欢呼。在大西洋运动会上，恰恰相反，人群可以或者说应该大声呼喊，他们的叫声被接收后，又通过放置在体育馆周围的扩音器再以更大的音量播放出来。

喊叫声和欢呼声如此大，传遍了跑道和座位，比赛结束时，当侥幸生还的人终于成功捕获了他们气喘吁吁的猎物，呼喊声将达到最高点，几乎让人以为发生了暴动。

XXIX

解放了,但我对此没有任何印象,不记得它的曲折故事,也不记得解放时与解放后无限的热情,尽管我很有可能也参与其中。我与祖母回到了维拉尔,她在维拉尔老城有一个极小的住处,我和她在那儿住了几个月。

开学了,我去镇上的学校上学。哪怕是现在,那一学年(可能是"小学三年级基础班",相当于八年级)依然标志着我个人纪事的开端:8岁,八年级(就像任何一个正常情况下的学龄儿童),类似于"零起点年",我不知道在它之前发生了哪些事(所以,准确说来,我是什么时候学会读书、写字、数数的呢),但之后发生的一切我都能十分有条理地说出来:1945年,博什大街,奖学金遴选,我对分数的恐惧与之相关(如何通分、约分);1946年,克洛德-贝尔纳中学,初一（六年级），拉丁语；1948年，希腊语；1949年，在埃唐普的若弗鲁瓦-圣-伊莱尔初中，我复读了四年级①，放弃学希腊语，转学德语；等等。

关于学校本身，实际上我不记得什么了，只记得当时那里进行着疯狂的交易，有人卖美国徽章（最出名的是一种刻着美国首字母"US"的黄色金属圆板，以及印着两把交叉步枪图案的奖牌），也有人卖丝织降落伞方布。我记得一个同班同学名叫菲利普·加尔德（我已经提到过他），那之后，我知道班里真的有路易·阿尔古-普这个人。

也许就是在那个冬天，生平第一次也是最后一次，我踩着长雪橇沿着宽阔的斜坡大道滑下，这条路从"雾凇"别墅通向维拉尔市中心。我们未能坚持到最后：大约滑了一半的路程，抵达加尔德农场附近时，

---

① 法国的小学学制为5年，分别是预备班（CP，相当于中国的小学一年级），基础班1、2（CE1、CE2，相当于中国的二年级、三年级），中级班1、2（CM1、CM2，相当于中国的四年级、五年级）。初中学制为4年，分别是六年级（相当于中国的初一，后以此类推）、五年级、四年级、三年级。此处，佩雷克犯了一个错误，CE2相当于1959年法国教育体制改革前的九年级，而不是八年级。

整个队伍（雪橇上应该有七八个人，雪橇凹凸不平且已经生锈了，但是它的尺寸还蛮令人称奇的）都俯身向右转弯，我却向左转弯，那个地方路边正好有一条沟，我们掉下去好几米，一直掉到了沟底，幸好雪很厚，摔得不重。我不知道自己是不是真的经历了这场事故，也许，就像其他场合的情况那样，我编造或借用了这场事故，但无论如何，它是我最喜欢用来证明自己身上 gaucherie（"令人气恼的笨拙"）的一个例子。因为，或许我天生就是个 gaucher（左撇子）[①]，在学校里，他们可能强迫我用右手写字，口吃（似乎经常发生）并不能说明这一点，而是我的头常常会稍稍向左倾斜（好几年前还能看出来），尤其是，我几乎一直很难区分一些东西，我分不清左右（这使我无法得到驾驶证：监考官让我向右转，我差点狠狠撞上左边的一辆卡车。这还使我成了一个很糟糕的桨手：我不知道为了让小船掉头应该向哪边划），我分不清钝音符和尖音符，也分不清凹与凸、大于号（>）与小于号（<），总之，分不清所有与偏侧性"与/或"二元性

[①] 此处，gaucherie 与 gaucher 的拼写、发音相近，是一种文字游戏。

相关的说法(夸张/比喻,分子/分母,输入/输出,被除数/除数,尾部/喙部,隐喻/换喻,纵向/横向,精神分裂/偏执狂,凯普莱特/蒙太古[1],辉格党/托利党[2],归尔夫党/吉伯林党[3],等等);这也解释了我为何偏爱记忆术,通过联想词语 batterie 来区分 bâbord 与 tribord[4],通过联想 Jésus-Christ 来区分 cour 和 jardin[5],通过想象某个洞穴来区分"凹"与"凸",或者更宽泛地说,通过它来记忆"圆周率"(我喜欢让聪明的人学一个有用的数字……[6]),记忆罗马皇帝的名字(凯奥提卡,克劳尼加奥,维维斯提多,涅图哈安,马尔

---

[1] Capulet/Montaigu,《罗密欧与朱丽叶》中的两大家族。

[2] Whig/Tory,英国两大政党。

[3] Guelfes/Gibelins,中世纪意大利的两大政治派别,俗称"教皇派"与"皇帝派"。

[4] batterie(击弦),bâbord(左舷),tribord(右舷)。batterie 这个单词包括两个音节 ba 与 tri,其中 ba 就是 bâbord 的第一个音节,tri 是 tribord 的第一个音节,而 ba 与 tri 在 batterie 分别位于左边与右边,因此可以借助这一点来区分左舷(bâbord)与右舷(tribord),即联想记忆法。

[5] Jésus-Christ 这词分为两个部分,前面一部分以 j 开头,后面一部分以 c 开头,因此分别对应 jardin(花园)、cour(院子)的首字母。

[6] 原文为法语:que j'aime à faire apprendre un nombre utile aux sages... 其中,que 由 3 个字母组成,j' 是 1 个字母,aime 有 4 个字母,以此类推,因此,这句话中每个单词的字母数量对应了圆周率的每一位数字:3.1415926535。

科①），或记忆一个简单的书写规则（凸起的长音符落到了凹处）。

很快，祖母和姑妈埃丝特回到了巴黎。我住到了埃丝特的小姑子家，也就是贝尔特阿姨家，她有一个大约15岁的儿子亨利，她住在维拉尔山脚下的一座别墅里，就在滑冰场与滑雪小道的旁边，我记得很清楚，这条滑雪小道名叫"浴盆"（另一条滑雪道叫"铃铛"，第三条滑道叫"编号2000"，它更难滑，离那里也更远）。我记得房子似乎很大，一座山间木屋，有一个木头建造的大阳台。我有一个很漂亮的房间，正中间是一张床。有一次我病了，为了使我康复，贝尔特让我喝一种樱桃梗做成的药剂，我觉得很难喝。还有一次，她给我拔火罐，不知道为什么拔火罐的方式和贝尔特经常使用的一种糕点制作方法十分相似：为了尽可能

---

① Césautica, Claunégalo, Vivestido, Nertrahadan, Marco, 这几个词语的每个音节分别是罗马历代皇帝名字的第一个音节，cés, au, ti, ca, clau, né, gal, o, vi, ves, ti, do, ner, tra, had, an, mar, co 分别指 César, Auguste, Tibère, Caligula, Claude, Néron, Galba, Othon, Vitellius, Vespasien, Titus, Domitien, Nerva, Trajan, Hadrien, Antonin le Pieux, Marc Aurèle, Commode, 即恺撒、奥古斯都、提比里乌斯、卡利古拉、克劳狄乌斯、尼禄、加尔巴、奥索、维特里乌斯、维斯帕西安、提图斯、多米提安、涅尔瓦、图拉真、哈德良、安托尼乌斯·披乌斯、马可·奥勒留、科莫德斯。

节省面团，可以用一个玻璃杯严格地将面团按压出一个个小小的圆形，然后把它们放在抹了油的板上，再放进烤箱，最后会变成酥油饼，或者用更加细致的做法，做成小小的夹心羊角面包。

XXX

W的孩子对于他即将要生活的那个世界几乎一无所知。他生命最初的十四年,可以说,生活随心所欲,没有人急着向他灌输任何W社会的传统价值。没有人逼迫他热爱体育,没有人告诉他必须努力,没有人让他遵守比赛残酷的法律。他就是众多孩子中的一个。没有任何东西激发他超越别人、战胜别人的欲望,他本能的需求能得到满足,没有人反对他,没有人在他面前竖立命令、逻辑与法则之墙。

W所有的孩子都是在一起被抚养长大,最初的几个月,母亲会把他们留在身边,待在内室闷热的哺育房里。之后他们被送到"儿童之家"①。这是一座长长的单层建筑,光线从巨大的窗透进来,房子远离"堡垒",在一座大花园的正中间。房子内部只有一个房间,非常大,没有隔间,既是宿舍,也是游戏房、饭厅;厨房位于建筑一头,洗浴间和厕所位于另一头。男孩和女孩相伴长大,很拥挤,也很幸福。人数最多时,大概有3000个孩子——500个女孩,2500个男孩,但只需要十几个男女老师就能看管好他们。"看管"这个词不太贴切。孩子们不受任何看管,甚至不能说他们受到了管教;成年人没有任何教育职责,尽管有时他们会被请来发表建议、解释问题,他们的主要任务是维持公共卫生:医疗检查、体检、疾病预防、常规外科手术——腺样体切除、扁桃体切除、阑尾切除、骨折复位等。年龄最大的孩子,即十三四岁的孩子,照顾年纪最小的孩子,教他们整理床铺、洗衣服、准备食物等。所有人都自由决定自己的日程、活动和游戏。

---

① 此处W的"儿童之家"(Maison des Enfants)与前文童年回忆部分的"儿童旅馆"(home d'enfants)很相似。

关于村子里和体育馆里发生的事,他们只有一种模糊的认知,几乎完全是想象出来的。他们的活动区域很大,边界处荆棘丛生,他们根本就不知道,无法逾越的障碍——沟堑、电网、地雷区——将他们与成人的世界隔开。有时他们远远地听到一些喧闹声、爆炸声以及军号声,他们看见天空飘过成千上万只五彩缤纷的气球或飞过激动人心的白鸽。他们知道这些意味着盛大的节日,有一天他们也能去参加。有时他们会模仿这些节日,举办欢快隆重的法兰多拉舞会,或者,夜里,他们挥动燃烧的火炬,完全沉浸在疯狂的人群中,气喘吁吁,如痴如醉,胡乱地倒在彼此的身上。

15岁那年,孩子们将永远离开他们的家,女孩子去内室,她们将永远不能从那里出来,除非是到了大西洋节时,而男孩子去各个村子,他们将成为那里未来的运动员。

年轻人对他们将要进入的世界怀着一种美好的幻想:与同伴分开时可能感受到的悲伤会被冲淡,因为他相信很快又能再见到他们。他既幸福又不耐烦，有时甚至充满激情，登上了带他离开的直升机。

男孩们被派到村子后，在成为运动员之前，要在那里度过至少三年的新人时光。他要参加每天早上的训练会，但不用参加各种比赛。新人生涯的最初六个月，他要戴着手铐和脚链，晚上被锁在床上，通常连话也不能说。这就是大家所说的"隔离"，这段时间是W运动员一生中最痛苦的日子，这么说并不夸张。之后的一切：侮辱、谩骂、不公、袭击，几乎算不上什么。与最初的几小时、几星期相比，这些都变得不再沉重。的确，发现W生活的过程是一段相当恐怖的经历。新人穿越体育馆、训练场、铺着煤渣的跑道、宿舍，此时，他还只是一个平静而自信的年轻人，对他而言，生活在此之前与无数伙伴的友爱紧紧联系在一起，而与盛大的节日形象相关的一切——那些喧闹声，那些凯旋的音乐，那些放飞的白鸽，在他看来都是不可忍受的。很快，他就看到一群群战败者归来，筋疲力尽、面色铁青的运动员戴着沉重的橡树做成的镣铐摇摇晃晃起来；他看到他们突然倒下，嘴巴张开，呼吸微弱；不一会儿他又看到他们相互争斗，相互拉扯，只为了一块香肠、一点点水、一口烟。黎明时分，他看到优胜者归来，肚子里装满了猪油和劣酒，在呕吐物中昏睡过去。

他将这样度过第一天。他将这样度过接下去的每一天。一开始，他不明白。比他稍微有些资历的新人有时会试着向他解释，并讲述正在发生什么事，它们是怎么发生的，应该做什么，不应该做什么。但大多时候，他们都做不到。要如何解释他发现的事并不可怕，并不是什么噩梦，并不是他要马上从中醒过来的东西，并不是他要马上从心里驱散的事？如何解释这就是生活，真正的生活？他以后每天要过的就是这种生活，真正存在的就是这样的生活，别无其他。相信还存在其他什么、假装相信其他什么，这都无用。没必要隐瞒、伪装这一切，没必要假装相信这一切的后面、下面或上面还有别的什么东西。只有这些，这就是一切。每天都有比赛，或成功或失败。必须为了生存而战斗。没有其他选择。不存在任何其他出路。不可能视而不见，不可能拒绝。不要期待从任何人身上获得帮助、同情或者拯救。甚至不能期待时间会抚平一切。只有这些,他看到的这些,有时不比他曾经见过的场景可怕,有时会比他曾经见过的场景可怕得多。然而,目光四动,他看到的只有这些,别无其他,只有这些才是唯一的真实。

但是,即使是资格最老的运动员,即使是痴呆的老运动员——两场比赛之间,他们在跑道上做滑稽的表演,快活的观众给他们吃腐烂的菜梗,即使是这些人都还坚信着还有其他什么,坚信着天会更蓝、汤会更美味、法律不再严酷,他们都以为天道酬勤,以为成功会向他们微笑,成功将美妙动人。

更快,更高,更强。慢慢地,隔离的日子一个月一个月过去了,充满豪情的奥林匹克格言深深印在了新人的心里。几乎没有人会选择自杀,几乎没有人会真的变成疯子。一些人不停地呼喊,而大部分人沉默了,倔强无比。

XXXI

正是在那段时期我开始了记忆中最初的阅读。我仰面躺在床上，贪婪地读着表哥亨利送给我的书。

这些书中有一本是长篇连载小说。我记得书名是《巴黎小子环球旅行》（这个书名的确存在，但是还有很多其他书名与之非常相似：《巴黎小子环法旅行》《十五岁孩子的环球旅行》《两个孩子的环法旅行》，等等）。它不是那种红色大书，如埃策尔出版社出版的儒勒·凡尔纳的作品，而是一本很厚的平装书，共有好多册，每一册都有一个图画封面。其中一个封面是一个大约15岁的孩子，他走在一条非常狭窄的凹下去的小路上，这条路在一座高高的悬崖的半高处，悬崖伸出去很长一段，下方深不见底。这幅冒险小说（西部小说）的经典图画对于我而言有一种特别熟悉的感觉，以至于我总觉得很久之后读过的书中——如《喀尔巴阡城堡》或者《桑道夫伯爵》[1]——也有几乎一模一样的图画。就在不久之前，我还在这两本书里找这些图画，但没找到。

第二本书是《马戏团的狗，米夏尔》[2]，其中至少有一个章节深深地印在了我的记忆里。在这一章，四匹马试图撕扯一位运动员，但其实，这些马拉的不是他的四肢，而只是四根藏在运动员衣服下面摆成X形的钢管：尽管遭受着这种所谓的酷刑，他[3]依然在笑，但马戏团团长要求他表现出最惨烈的痛苦状。

第三本书是《二十年后》[4]，我的记忆极其夸大了它留给我的印象，也许是因为这三本书中只有这本书我后来重读过，哪怕是现在我也会时不时重读它：当时

---

[1] 《喀尔巴阡城堡》《桑道夫伯爵》均为儒勒·凡尔纳的作品。
[2] 《马戏团的狗，米夏尔》，美国作家杰克·伦敦（1876—1916）于1917年创作的小说。
[3] 在杰克·伦敦的小说中，运动员是个女人。
[4] 《二十年后》，法国作家大仲马（1802—1870）于1845年创作的小说，为《三个火枪手》的续集，这两部作品和《布拉热洛纳子爵》合称《达达尼昂浪漫三部曲》。文中这一部分描述的便是与这三部曲相关的一些情节。

我似乎非常了解这本书，但我混淆了太多的细节，重读只不过是为了确认每个细节是否准确：马萨林桌子各个镀金的角；十五年来一直藏在达达尼昂旧紧身衣里的波尔多斯的信；修道院里阿拉密斯的番杏；格里莫的工具箱——多亏了它，大家发现木桶里装的不是啤酒而是沙土；达达尼昂在马的耳朵边燃烧的爱尔美尼纸片；波尔多斯把火钳变成起子的方法——他的手腕（很粗，我觉得很像绵羊的肋骨）力大无比；达达尼昂来找年轻的路易十四让他离开巴黎时他正在看的图画书；在达达尼昂女房东家避难的普朗歇——他说一口弗拉芒语，想要让人相信他是达达尼昂的兄弟；运输木头的农民——他用一口地道的法语为达达尼昂指明拉费尔城堡的方向；莫当特坚不可摧的仇恨——他向克伦威尔要求替换被三个火枪手杀死的刽子手；其余一百个章节、完整的故事情节或简单的几个句子。似乎我不仅一直对它们了然于心，而且说到底它们成了我的故事，成了一种永不枯竭的回忆之源，一种反复言说之源，某种确信之源；词语各得其所，书本讲述故事，顺着故事向前，可以反复阅读，重读时，重新感受最初的感受，因为确信能重新找回它们，所以感到心醉神迷：这种快乐永不会枯竭。我看书不多，但我会不停地重读，福楼拜和儒勒·凡尔纳，鲁塞尔[①]和卡夫卡，莱里斯[②]和格诺；我反复阅读我喜爱的书，我喜爱我反复阅读的书，每一次我都怀着同样的快乐读完二十页、三章或者整本书：这是一种心心相印的快乐，一种默契的快乐，除此之外，更是一种终于找到亲人的快乐。

但是，最初的这三本书里有某种令人惊讶的东西，确切来说它们都是不完整的，隐含着其他的、缺失的、无法再找到的东西：《巴黎小子》的冒险没有结束（应该是缺了第二卷），米夏尔，这只马戏团的狗有一个兄弟，名叫杰瑞，它是海岛历险记的主人公，我对此一无所知，表哥亨利既没有《三个火枪手》也没有《布拉热洛纳子爵》[③]，这两本书在我的印象中是馆藏珍本、

[①] 雷蒙·鲁塞尔（Raymond Roussel, 1877—1933），法国作家、剧作家与诗人。鲁塞尔的一些创作观念与创作手法对文学团体"乌力波"产生了极大影响。
[②] 米歇尔·莱里斯（Michel Leiris, 1901—1990），法国作家、诗人、人类学家以及艺术批评家，著有《成人之年》。
[③] 《布拉热洛纳子爵》是大仲马《三个火枪手》和《二十年后》的续篇，也是《达达尼昂浪漫三部曲》的最后一部。

无价之书，只希望某一天我能够有幸翻上几页（对《三个火枪手》这本书的渴望很快就消失了，但对《布拉热洛纳子爵》这本书的渴望持续了好几年。我记得，为了读这本书，我去市立图书馆借书回家看，当我在书店看到这本书最早的口袋书版本时——先是由马拉布出版社出版，然后是口袋书出版社——我简直大吃一惊）。

亨利看过《三个火枪手》和《布拉热洛纳子爵》，而且，我觉得他也看过《蒙梭罗夫人》；他不太记得《三个火枪手》的情节[不管怎样，我觉得，他记住的内容足以为我解释清楚要理解《二十年后》所必需的情节，比如谁是罗什福尔，谁是波那瑟（"这个浑蛋波那瑟"），谁是莫当特誓死要报复的温特夫人]，但对《布拉热洛纳子爵》的内容他印象非常深刻。因此，虽然我对这些人物最初与最后的历险一无所知，但我知道他们将如何死去（除了阿拉密斯，他成了主教）：波尔多斯是被一块他无法举起的石头砸死的，阿多斯是在儿子拉乌在阿尔及利亚倒下的时候死在了床上，达达尼昂在他刚刚被任命为元帅后在马斯特里赫特围城战中被铁球砸死。

达达尼昂的死最让我激动（transporter），此处，"激动"这个词也指它的本义[1]，因为，当时亨利一边给我讲这个故事，一边推装着我的小拖车往前走。在我的协助下，他还模仿了主要的情节故事，当时我们正在维拉尔周边的农民家玩耍，想要拿回一些鸡蛋、牛奶和黄油（我记得做黄油的木头模子，以及清晰的刻纹——小奶牛、花朵或蔷薇：这是模子印在黄油上的花纹，上面还有一个个灰白的斑点）。

*

在我的坚持下，亨利终于愿意教我玩移动海舰战斗游戏。有一天他特别想哄我开心，他动手制作了两个巨大的棋盘，还在军舰上刻了花纹，这可以让我们有一种真实作战的感觉。他的细致在我看来仿佛是一种虔诚，也许是因为它与我的热切期盼是一致的。但是，正当他快完成这项精细活时，一天早上，可能因为我表现得特别不耐烦，他忽然莫名地怒气冲天，砸

---

[1] 法语中 transporter 的本义是"运输、运送、搬运"，引申义是"令人激动"。

碎了如此珍贵的棋盘，还把它踩得稀烂。在之后的日子里，我好几次对亨利说起这件事，每一次我都要告诉他，这一切在我看来是多么不可思议、不合逻辑甚至不真实，每一次我都会想起面对棋盘的碎片时感受到的一种不信任。每一次亨利都很吃惊，这种少年的怒气竟然会带给我如此大的打击。但，也许是，我从这种令人难以置信的表现中发现的并不是亨利当时只是一个孩子，而是，我悄悄地发现他不是或不再是完人，不再是榜样，不再是知识的占有者，不再是给予别人信任的人，而我一直希望他——至少是他——对于我而言能永远是那样的人。

XXXII

六个月的隔离终于结束了,新来的人正式被宣布成为"新人"。这一变化伴随着两大活动的展开。第一项活动是在中央体育馆举行入职典礼,所有的运动员都要到场:大家取下年轻人戴的手铐、脚链以及挂在镣铐上的铁球,然后发给他们象征新职能的标志:一块很大的三角形白布,他们把布缝在外套的背部,顶点在上[①]。一名赛事副总监或一名计时员会发表一个简短的演讲,内容与其他仪式上的讲话及其他官员的讲话大同小异:欢迎未来的运动员们,颂扬体育美德,重申W奥林匹克运动会理念的重要原则。之后,在典礼快结束时,运动员与新人之间展开一场友谊赛,也

---

① 第XX章写到,三角形白布顶点在下,此处三角形白布顶点在上,这样就构成了犹太星形状。

就是说比赛结果不会得到承认，不会有什么奖励。

第二项活动隐秘得多，在各个村子的宿舍进行。这项活动一开始只能秘密地、悄悄地进行，最终被管理委员会认可。根据一般的政策，委员会没有想方设法阻止这项活动，只是规范了它的流程。这项活动的目的在于，在运动员中间为新人选择庇护人，即，由他负责新人的训练，带领他去体育馆，教他各种运动技巧、社会法则、得体的举止、村子的风俗。当然，每次新人受到威胁时，也是由庇护人救助他。作为交换，新人要尽心尽力、满怀感激地服务这位被任命的"师父"：他每天早上要为师父整理床铺，为他端麦片粥，为他洗衣服、洗饭盒，为他准备午饭；他还要为师父保养运动器材，打理他的运动衫、比赛专用鞋。此外，他还要充当师父的床伴。

当然，为了获得庇护新人的这份荣誉，运动员必须是有名次的。回想一下，每一个村子有330名运动员，其中一般有66人会获得名次，也就是说在排名赛上赢得自己的名号，在斯巴达克运动会上，最多有20人可以通过胜利赢得身份。但是，正如我们所看到的，新人的总人数在 50 至 70 之间。因此，作为庇护人的冠军运动员与受庇护的新人，两者人数很可能相差无几。但，如果以为事实就是如此，那就是还未彻底了解 W 社会的性质。事实上，"师父"的任命是由一项特殊比赛的结果决定的，这一比赛在村子最优秀的冠军之间展开，即，至少是获得奥林匹克冠军且名号前面有定冠词的人（勒凯科宁、勒琼斯、勒马克米兰等）。如果一个村子有好几个奥林匹克冠军——这种情况很常见，因为共有 22 名奥林匹克冠军、4 个村子，那就优先选择那些所谓高贵的比赛项目中的冠军：首先就是短跑，100 米、200 米、400 米，然后是跳高、跳远、110 米栏、中长跑，等等，实在没办法时，就是五项全能赛和十项全能赛。

因此，通常来说，大部分新人由两个"超级冠军"中的一个作为指定庇护人。这两个人有时会激烈地抢夺新人，为了得到他们甚至会进行血腥的比赛，但绝大多数时候，大家默默达成一致：每一个冠军根据先来后到的顺序以及新人的人数轮流选择，而他们之间的特殊比赛只限于一些不温不火的辱骂、假装打几下而已。

因此，很容易想象，这种制度如何能够在W成为某个复杂的等级组织和某种等级体制的基础，它将村子里所有的运动员都纳入一个彼此相连的层层关系网络，他们之间的争斗构成村子里全部的社会生活。这种制度一开始只针对新老运动员之间的关系，有点像中学或军队里经常发生的事。其实这些正式的庇护人只不过是培养他们数不清的弟子而已，他们会留下两三个新人，而把其他人派去服务其他运动员。这样形成了真正的被保护人的培养，为首的两位冠军可以随意地对此加以控制。

在特定的区域性范围内，作为庇护人的冠军权力极大，他们存活的机会比其他运动员要多得多。他们对新人或无名小卒百般刁难，不让他们吃饭、睡觉，让他们去骚扰其他运动员，让他们去摧残自己的同伴——那些人是让这些冠军最害怕的人，是某个比赛项目排名仅次于他们的人，是每次赛跑及其他比赛中紧随其后的人，他们知道如果那些人获胜，就意味着无情的报复即将到来。

但这种保护人制度既脆弱又残酷。对手的猛烈攻击或是裁判员一时的心情很可能在一秒钟内就使冠军失去自己辛辛苦苦赢得且不惜一切守护的名号。而他的那些门徒瞬间就会背叛他，跑去新的冠军那里，乞求几口饭，讨要一些糖，巴结几张笑脸。

XXXIII

贝尔特阿姨家有一套很大的两卷本拉鲁斯词典。或许就是在那儿我开始喜欢词典。关于那本词典，我只记得一幅彩色插图，标题是"旗帜"，上面画着即使不是全部也是大部分主权国家的国旗——包括圣马力诺和梵蒂冈。我当时之所以如此仔细地观察那幅插图，也许只是因为那段时期亨利和我制作了一系列国旗，有美国的、英国的、法国的、俄罗斯的，还有德国的（我记不清楚是否还有其他的，比如加拿大的或者南斯拉夫的），借助这些国旗，我们在一幅揿在墙上的巨大的欧洲地图上标记出联军胜利前进的路线，就像日报《阿洛布罗基报》每天报道的那样（我很骄傲自己知道在高卢人时期阿洛布罗基人指萨瓦尔地区和多菲内地区的人）。旗帜代表了军队，甚至是军团或师团，似乎，重要的是在每一面旗帜上写上一位将军的名字。我几乎忘记了所有这些将军的名字,但我知道谁是茹科夫、艾森豪威尔、蒙哥马利、巴顿或奥马尔·布莱德雷。我最喜欢的是拉米纳将军。我也喜欢蒂埃里·阿让利厄将军,不仅因为他是我唯一知道的一位海军上将,还因为有传言说他是修士。

*

我的另一段回忆与弗朗斯瓦·比尤①有关,对我而言,他也是一种偶像,尤其是从我终于不再把他与弗朗斯瓦·比永②混淆那一刻开始。他来维拉尔视察时吸引了大量的民众。当时,广场上黑压压一片全是人,广场中央有一个喷泉,如今喷泉已经不见了。亨利和我使尽浑身解数终于靠近了主席台。亨利手上拿着伊利亚·爱伦堡的书《巴黎的陷落》[这本书里有让我很吃惊的东西,我怎么也无法理解的东西:这是一

---

① 弗朗斯瓦·比尤(François Billoux,1903—1978),法国政治家,1944—1945年担任法国公共卫生部部长。
② 弗朗斯瓦·比永(François Billon),法国少尉,1944年7月11日在韦科尔被德军抓捕、处决。

本俄国人写的书,但故事却发生在巴黎;在俄语原文中,怎么表达"rue Cujas"(古察路)、"rue Sofflot"(苏弗洛路)呢?读到这些词时又是什么感觉呢?这一切在译文里都发现不了]。亨利把书递给了弗朗斯瓦·比尤,他写完赠言后还给了他。而我,可能比和主教在一起还要开心,因为我成功握到了他的手。

*

我经常去广场上买报纸(卖报、烟、纪念品和明信片的商贩总是会在同一个地方)。1945 年 5 月的一天,我又发现广场上黑压压一片挤满了人,我好不容易进了店里,买了报纸。我飞快地跑回家,路上挤满了热血沸腾的人,他们手里挥动着《阿洛布罗基报》,声嘶力竭地喊着:"日本投降了!"[①]

[①] 这里原文如此,是作者设置的"回忆"偏差。根据史实,日本法西斯投降时间为 1945 年 8 月 15 日,以日本天皇广播宣布接受《波茨坦公告》并无条件投降为标志;于 1945 年 5 月宣布投降的是德国法西斯。

*

一天晚上,我们去看电影,亨利、贝尔特,还有亨利的父亲罗伯特——我想他刚刚从巴黎回来,要接我们回去,还有我。电影的名字叫《巨大的白色沉默》,亨利想到要看这部电影就高兴疯了,因为他记得柯伍德[①]写过一个很迷人的故事就是这个标题[②],一整天他都在给我讲浮冰、因纽特人、雪橇犬、雪橇、克朗代克和拉布拉多。但是看到电影一开始的几个画面,我们就沉入了失望的谷底:辽阔的白色原野不是北极雪原,而是撒哈拉大沙漠,那里有一个年轻军官,名叫夏尔·德·富科,他厌倦了同出身卑贱的女子过的荒淫生活(他用她们的鞋子喝香槟酒),不顾朋友拉佩林纳将军的央求,成了一名传教士,当时这位朋友还只是一个上尉。图瓦雷克人(阿拉伯文为 Targui)包围

---

① 詹姆斯·奥利弗·柯伍德(James Oliver Curwood, 1878—1927),美国小说家。
② 此处,佩雷克混淆了几部标题相似的小说和电影。《巨大的白色沉默》(*Le Grand Silence blanc*)是法国作家路易-弗雷迪里克·胡盖特(Louis Frédéric Rouquette)写的一部小说,也是一部英国纪录片的名字,讲述了斯科特在南极的冒险故事。《白色沉默》(*Le Silence blanc*)是杰克·伦敦的一篇短篇小说,《沉默的呼唤》(*L'appel du silence*)是莱昂·普瓦里耶导演的一部电影。

了他的城堡，将军带着军队试图把他从这些坏人手里救出来，但他来得太迟了。我还记得夏尔·德·富科死时的模样：他被绑在一根柱子上，夺去他生命的那颗子弹正好射中了眼睛，血从他的脸上流下来。

XXXIV

将运动员与官员区分开来的界限非常鲜明,但这条界限不是绝对不可逾越的。W 的法律一般而言非常简洁,它们的沉默对于被约束的运动员来说是一种致命的威胁,但在运动员与官员的区分上却极其繁杂,令人震惊:这些法律非常细致地、非常善意地、几乎是宽宏大量地明确了一位运动员在经历几年的比赛生涯后获得某一行政职位的各种条件。他要么是在自己的村子里任职,可以做运动队的经理人,或是训练员、按摩师、浴室服务员、理发师,等等;要么是在体育馆任职,那儿可以为他提供很多等级极其森严的低贱工作:服务员、啦啦队成员、清洁工、鸽子放飞员、火炬手或旗手、吉祥物、乐手、写字员、监督员等等。

一位运动员要想获得其中某个职位,继而享受与之绑定的特权——尽管这些特权似乎微不足道（免除杂役，可以洗澡，单人间，自由进出体育馆、换衣间、招待室，等等），但通常是维持一个退伍运动员的基本生活所必需的——就必须满足规定的条件而言，乍一看，这似乎并不难。首先，存在一项积分、奖金和额外加分的制度，在运动员的整个运动生涯中，这三项都会一一记录：各项分数累计叠加，原则上，一个曾经的冠军只要在四年时间里正常发挥，基本就能正式得到一个肥差。此外还有各种各样达到目的的办法，能让优胜者在更短的时间内跨越这个界限、跳过这一藩篱：三年内，如果运动员能获得布勒朗名号，也就是说，他能在奥林匹克运动会上连续三次获得第二名或第三名；两年内，他能得两次冠军，也就是说蝉联奥林匹克运动会冠军，这是至高无上的荣耀，但W历史上尚未出现这种情况；或者一年内、一个季度内，能获得卡雷名号（排名赛第一名，两次地区锦标赛第一名，选拔赛第一名）或者蒂耶斯名号（排名赛第一名，选拔赛第一名，奥林匹克运动会第一名），从统计上来说这种情况似乎最有可能发生，但实际上非常罕见；最后，还有各种完全建立在偶然基础上的制度，它们与W生活的精神本身十分契合：一位蹩脚的运动员，一位一直以来籍籍无名的运动员，他完全不可能有任何突出的表现，完全不可能成名，但有可能在一夜之间成为官员：只需，比如，他的号码布上的数字与优胜者的成绩相一致就可以了。

这些法律的繁杂与准确，它们所蕴含的无数各种各样的可能性，也许会让人觉得一名运动员要成为一名官员实在是轻而易举的事。W的法律表明它既想奖励优秀的体育表现，也想奖励遵纪守法的行为和最简单的好运气，它仿佛想给人这样一种印象：运动员与官员属于同一类人、同一个世界，仿佛他们是一家人，同一个目标将他们会聚在一起，即最高体育荣誉。仿佛没有任何东西将他们两者真正区分开来：运动员在跑道上你争我赶、奋力拼搏，他们的同伴聚集在观众席上，站在那里为他们加油或者喝倒彩，而官员坐在评分席上，同一种精神鼓舞着他们，同一种战斗呼唤着他们，同一种激情穿过他们的身体。

现在大家已经相当了解W这个世界了，因此可以明白，它最宽容的法律从来只意味着一种更加残酷的讽刺。决定官员人选的法律表面上很宽容，其实每次都会与各阶级人士的随心所欲产生冲突：计时员提出的建议，裁判员可能会否决；裁判员要求的事，比赛监督也许会反对；比赛监督提出的意见，经理人有权否定；经理人做出了让步，还会有别的什么人反对。高级官员掌握着所有的权力，他们可以不闻不问，也可以全力阻止，他们可以认可偶然所做的选择，或者更偏爱自己选择的偶然，他们可以做完决定后没几分钟又改变主意。

永远不能确定一名运动员在其职业生涯的最后一定会成为官员，尤其是，永远不能确定他是否会一直留在这个职位上。但不管怎么样，他没有别的出路。被赶出团队又没有谋得任何职位的老运动员，会被大家叫作"蠢驴"。他们没有任何权利，也没有任何保障。他们不能进入宿舍、食堂、浴室或更衣室。他们无权讲话，无权坐下。通常，他们没有外衣穿，也没有鞋子穿。他们聚居在垃圾桶旁边，夜里在绞刑架旁边游荡，尽管被士兵看到就会被杀死，他们还是想方设法从被石头砸死后悬挂在那儿的死尸身上扯下几块肉。他们紧紧靠在一起,试图相互取暖并在寒冷的黑夜能睡上一会儿,但只是徒劳。

确切来说,低级官员并无重要的事可做:浴室工作人员心不在焉地拧着热水龙头、冷水龙头,理发师挥动着电推剪,监督员挥动着长长的鞭子,啦啦队队员引导大家鼓掌或喝倒彩。

但是所有人都必须站着,并且整齐地排好队。他们必须走出宿舍——Raus! Raus![1]——他们必须跑起来——Schnell! Schnell![2]——他们必须极其有秩序地走进体育馆。

不管地位有多低,低级官员在运动员面前依然拥有绝对的权力。因为恐惧,他们会加倍野蛮地督促运动员遵守严酷的体育法。因为虽然他们吃得更好,穿得更好,睡得更好,而且更加轻松,但他们的命运永远取决于经理人愠怒的眼色、裁判的脸色、比赛监督的心情与玩笑。

---

[1] 德语,意为"出去! 出去!"。
[2] 德语,意为"快! 快!"。

XXXV

去巴黎之前，我们在格勒诺布尔停留了整整一天。我们没有坐通往查尔特勒修道院的索道，当时索道也不开。作为补偿，我和亨利去了一家很小的电影院，电影院的名字好像是"放映室"；这是一个非常漂亮的放映厅，铺着地毯，还有很大的椅子，它与仓棚、救济院的房间真的太不一样了，在此之前那些地方就是我的电影院。我们看了《亨利八世的私生活》，这是亚历山大·科达与查尔斯·劳顿合作的一部电影。我想，就是在那里，我第一次见到、听到所有兰克公司出品的电影在片头字幕出现前都会响起的庄严敲锣声。关于电影本身，我只记得一幕场景：年老的国王有些轻微痴呆，但衣着气派，他一直很贪吃，多次背着自己的妻子（在她面前，他哆哆嗦嗦像个孩子），一个人吃掉一整只鸡。

回巴黎的路特别漫长。亨利教我怎样通过观察右侧（这是去往巴黎时，如果是从巴黎回来，基本上不太可能看清楚这些路牌，因为在这种情况下，路牌紧贴着我们的车厢）公路边竖着的蓝底白字的路牌计算里程数，上面的数字指明了我们与巴黎的距离。路牌一般都是白色的杆子，但标记 500 米倍数的路牌却是红色的杆子。在那之后，我保留了这一习惯，每次乘火车旅行，无论路程是一个小时还是半天，我都会兴趣盎然地看写着"100 米""500 米""1000 米"的路牌一一闪过，此时的速度比那时去往巴黎时的速度要快得多。

我们是在某一个晚上出发的。第二天下午到达巴黎。姑姑埃丝特和姑父大卫在站台上等我们。出车站时，我问他们这座古迹叫什么名字，他们回答我说这不是什么古迹，这只是里昂车站而已。

大家坐上了姑父那辆足有 11 马力的黑色雪铁龙。先送亨利和他父母回家，他们家住在蒙马特高地茹诺（阿布朗泰斯公爵）大街，然后我们回自己的家，阿松普雄街。

两天后，姑姑让我去街尽头买面包。从面包店出来后，我弄错了方向，我没有沿着阿松普雄街往上走，而是走到了布兰维利耶街；一个多小时后我才找到家。

后来，我去镇上的学校上学，就在博什大街上。后来，我参加了加拿大士兵举办的一个圣诞节甜点会，我不记得自己分到了什么玩具，反正不是我想要的。后来，我捧着一大束红花从一位将军面前走过，旁边走着另外两个孩子，一个捧着蓝花，一个捧着白花。

后来，我和姑姑埃丝特去看了一次关于集中营的展览。展览在拉莫特－毕盖－格勒内勒地铁站附近举行（同一天，我发现居然有些地铁不在地下而是在地上行驶）。我记得一些照片呈现了火炉壁，上面有被毒气毒死的人指甲留下的印迹，以及一副用面包碎屑制成的棋盘。

XXXVI

W的运动员对于自己的生命没有任何权利。对于流逝的时光他无可期待。无论是昼夜交替还是季节变换对他都没什么作用。他始终艰辛地忍受着冬夜的漫天大雾、春日冰冷的雨水、夏日午后的酷热。也许他可以期待能够改变他命运的成功,但成功毕竟是少数,而且通常又是那样微不足道!W运动员的生活只不过是无止境的奋力拼搏,疲惫不堪却又徒劳地追逐着那虚幻的一刻,到那时成功可以让他获得休息。为了一秒钟的平静与安宁,要忍受多少残忍的时刻?为了一小时的放松,要忍受多少疲惫的日日月月?

跑。在煤渣跑道上跑,在沼泽地里跑,在淤泥中跑。跑,跳,掷铅球。匍匐前进。蹲下,起立。起立,蹲下。快,越来越快。绕圈跑,倒下,匍匐前进,起立,跑。起立,立正,几小时、几天、几夜。仰面躺下!起立!穿上衣服!脱下衣服!穿上衣服!脱下衣服!跑!跳!匍匐前进!跪下!

W的运动员置身于这样一个永不停息的世界里,对压迫自己的法律一无所知,在比赛监督们讽刺又不屑的目光中残害自己的同伴或被自己的同伴残害,他不知道自己真正的敌人在哪里,不知道自己可以战胜他们,那也许是他唯一可以取得的真正的成功,唯一能拯救自己的成功。但生与死对他而言似乎已是注定的事,已经永远地刻在了不可言说的命运里。

存在着两个世界:主人的世界与奴隶的世界。主人的世界无法进入,仆人们则相互残杀。但哪怕关于这一点,W的运动员也并不知道。他更愿意相信自己的守护星。他期待幸运朝他微笑。终有一天,众神会站在他那一边,他将抽出一个幸运号,他将被偶然选中,举着奥林匹克圣火抵达中心火炬台——这将使他获得福托福尔①官衔,这样,他将永远被免除杂役,总之,他将获得永久的保障。似乎他所有的精力都投入了这唯一的等待中,这唯一的类似于奇迹的渺茫希望中,到时,他就可以逃离攻击、鞭子、侮辱与恐惧。W社会最重要的特征之一是那里的人不停地占卜命运:运动员用捏了很久的面包心做成棋子和小骰子。他们揣摩鸟儿飞过的痕迹、云的形状、水洼的形状、树叶的坠落。他们收集各种护身符:某个奥林匹克冠军鞋子上的钉子,被绞死的人的一个指甲。宿舍里流行扑克牌和塔罗牌游戏:运气决定如何分配草席、食物以及劳动。比赛进行时,一个完全是地下性质的赌博活动也在进行,管理委员会暗中通过低级官员对其进行控制。一个人如果完全猜中一项奥林匹克比赛前三名的名次,他就有权享受他们所有的特权,那些猜中号码但未猜中顺序的人,也会被邀请共享他们的胜利大餐。

---

1 原文为 photophore,在法语中指"玻璃制灯饰""海洋生物的发光器官"等;其与官衔的关系无从考证,此处为音译。另,前文(第71页)曾提及"费德照相馆"(Photofeder),与本词语相似,或为某种互文。

身着花边制服的军乐队兴高采烈地演奏着国歌。无数白鸽和彩色气球飞向天空。无数印着圆环的旗帜被风吹得猎猎作响,运动场的众神紧随其后进入跑道,队列整齐,手臂伸向官员主席台,W 的显贵们在那里向他们问好。

看看他们,看看这些运动员,穿着条纹衣服,好像是 1900 年的体育讽刺画,他们手臂贴着身体开始一场可笑的短跑比赛。看看这些投掷运动员,他们的铅球就是镣铐上的铁球,看看这些脚踝被锁住的跳高运动员,看看这些跳远运动员,重重地摔在满是粪水的坑里。看看这些涂满沥青与羽毛的摔跤运动员,看看这些单脚跳跃或者在地上爬的长跑运动员,看看这些马拉松比赛的幸存者,一瘸一拐,全身麻木,在跑道上快走,两边站满了手里拿着荆条和木棍的司线员。看看他们,这些运动员瘦骨嶙峋,面色如土,脊背弯曲,脑袋光秃,目光满是痛楚,伤口流脓,所有这些抹不掉的痕迹都来自无尽的折磨与恐惧,所有这些比赛每天、每时、每秒都受控于有意识、有组织、等级化的压迫,看看这部正在运行的庞大机器,它的每一个零件都高效地参加了有序的谋杀活动。只有这样，才不会在看到记录的平庸成绩时感到吃惊：100米成绩为23秒4，200米成绩为51秒，跳跃类比赛的最好成绩从来没有超过1.30米。

*

有一天，如果有人进入这个堡垒，最先看到的只是一长溜灰色的空房子。脚步声在高高的混凝土屋顶下发出回响，他有点害怕，但是必须还要走很长一段路才能看见，他以为自己已经遗忘的世界的地下遗迹，它们被埋在泥土深处：一堆堆金色的牙齿、戒指、眼镜，无数堆成堆的衣服，沾满灰尘的卡片，一块块劣质的香皂……

XXXVII

几年里,我画下了一些身体僵硬的运动员,他们没有人的模样;我细致地描述他们无休止的比赛,固执地列举他们永不结束的获奖名单。

几年过去了,又几年过去了,在大卫·鲁塞[①]的《集中营世界》这本书中,我读到这样一段话:

集中营的结构有两个基本方针:不工作,要"运动";少而又少的食物。大部分的犯人都不工作,这意味着,工作,哪怕是最艰苦的工作,也被视作好差事。最简单的任务也必须以跑步的方式完成。动作迅

[①] 大卫·鲁塞(David Rousset, 1912—1997),法国作家、政治家,二战时为法国抵抗运动的组织成员,后被送入集中营。战后他创作了两部关于集中营的作品,即《集中营世界》和《我们死亡的日子》。

速,在"正常"监狱里是一般规范,在这里变成了日常苦役,它支配着白天有时甚至是夜晚的时时刻刻。有一项活动是让犯人快速穿衣与脱衣,每天好几次,警棍时刻都会打下来;让犯人快速跑出、跑进监狱大楼,而在门口,两个党卫军会用橡胶棍毒打囚犯[1]。在水泥建造的长方形小院里,运动就是一切:抽打鞭子让犯人在几小时里不停地快速转圈;组织青蛙跳比赛,最慢的人在党卫军的大笑中被扔到水池里;不停地重复快速蹲下、站起的动作,同时双手举起;极其迅速地(总是要快、快,Schnell, los Mensch[2])伏倒在泥潭里,再站起,如此做一百次,再迅速跑去用水冲洗干净,二十四小时内不能脱下湿衣服。

*

我已忘记 12 岁时是什么原因让我选择将 W 设在

---

[1] "囚犯"原文为德语:Haeftlinge。
[2] Schnell, los Mensch,德语,意为"快点"。los Mensch 为语气词,表示催促。

火地群岛：皮诺切特[①]的法西斯党徒为我的幻想提供了最终的回音：火地群岛的好几个小岛如今真的成了集中营流放地。

巴黎 – 卡罗斯 – 布雷维
1970—1974年

---

① 皮诺切特（Augusto Pinochet，1915—2006），智利军事独裁统治者。